AF590341

EXPLICATION

DE LA

MALADIE DE J.-J. ROUSSEAU

Et de l'influence qu'elle a eue sur son caractère et sur ses écrits

ACCOMPAGNÉE DE

CONSIDÉRATIONS PRÉLIMINAIRES SUR LA DYSURIE

ET DES RAPPORTS FAITS AUX ACADÉMIES DES SCIENCES ET DE MÉDECINE
SUR LES TRAVAUX DE L'AUTEUR

Par le Docteur L.-Aug. MERCIER

Lauréat de la Faculté de Médecine et des Hôpitaux de Paris,
de l'Académie des Sciences et de l'Académie de Médecine (prix d'Argenteuil)

Professeur d'anatomie et de chirurgie spéciales, ancien interne des hôpitaux,
ancien secrétaire et membre honoraire de la Société Anatomique,
de la Société Médico-Pratique, de la Société impériale de Médecine de Marseille,
de la Société des Sciences naturelles de Dresde, du Cercle médico-chirurgical de Bruxelles,
des Sociétés de Médecine de Gand, d'Anvers, etc.

DEUXIÈME ÉDITION

PARIS

LIBRAIRIE LE NORMANT, RUE DE SEINE, 10

ET CHEZ LABÉ, ÉDITEUR

LIBRAIRE DE LA FACULTÉ DE MÉDECINE, PLACE DE L'ÉCOLE-DE-MÉDECINE

1859

EXPLICATION DE LA MALADIE

DE J.-J. ROUSSEAU

PRINCIPAUX TRAVAUX DE L'AUTEUR

Recherches anatomiques, pathologiques et thérapeutiques sur les maladies des organes urinaires et génitaux, considérées spécialement chez les hommes âgés, ouvrage entièrement fondé sur de nouvelles observations (*mentionné honorablement par l'Académie des Sciences en* 1842). Un vol. in-8°. Prix............ 6 fr.

Recherches anatomiques, pathologiques et thérapeutiques sur les valvules du col de la vessie, causes très-fréquentes et peu connues de rétention d'urine, et sur leurs rapports avec les rétrécissements de l'urètre, les maladies des organes génitaux, les pertes séminales, l'inertie et le catarrhe de la vessie, les inflammations et les calculs de l'appareil urinaire (*ouvrage auquel l'Académie des Sciences a décerné une récompense de quinze cents francs en* 1850). Un vol. in-8°. Prix 7 fr.

Recherches sur le traitement des maladies des organes urinaires, considérées spécialement chez les hommes âgés, sur celui des rétrécissements de l'urètre, de la gravelle et de la pierre, etc. ; *ouvrage auquel l'Académie de Médecine a décerné une récompense de quatre mille francs en* 1858 (*prix d'Argenteuil*). Un vol. in-8°, avec figures. Prix............................... 7 fr. 50 c.

Ce volume est le complément des précédents.

Mémoire sur le cathétérisme de l'urètre dans les cas difficiles, lu à la Société médicale du Panthéon. Broch. in-8°. Prix. 1 fr. 25 c.

Étude sur l'anatomie du rectum et de l'anus, sur celle des parties qui les avoisinent et sur les maladies qui les affectent. Brochure in-8°. Prix.. .... 1 fr. 25 c.

Ces ouvrages se trouvent aux mêmes librairies.

SOUS PRESSE :

Recherches sur l'inflammation chronique de l'urètre et sur les diverses maladies qui en sont la conséquence. Un vol. in-8°.

Paris. — Typographie LE NORMANT, 10, r e de Seine.

EXPLICATION

DE LA

MALADIE DE J.-J. ROUSSEAU

Et de l'influence qu'elle a eue sur son caractère et sur ses écrits

ACCOMPAGNÉE DE

CONSIDÉRATIONS PRÉLIMINAIRES SUR LA DYSURIE

ET DES RAPPORTS FAITS AUX ACADÉMIES DES SCIENCES ET DE MÉDECINE SUR LES TRAVAUX DE L'AUTEUR

Par le Docteur L.-Aug. MERCIER

Lauréat de la Faculté de Médecine et des Hôpitaux de Paris,
de l'Académie des Sciences et de l'Académie de Médecine (prix d'Argenteuil)

Professeur d'anatomie et de chirurgie spéciales, ancien interne des hôpitaux,
ancien secrétaire et membre honoraire de la Société Anatomique,
de la Société Médico-Pratique, de la Société impériale de Médecine de Marseille,
de la Société des Sciences naturelles de Dresde, du Cercle médico-chirurgical de Bruxelles,
des Sociétés de Médecine de Gand, d'Anvers, etc.

DEUXIÈME ÉDITION

PARIS

LIBRAIRIE LE NORMANT, RUE DE SEINE, 10

ET CHEZ LABÉ, ÉDITEUR

LIBRAIRE DE LA FACULTÉ DE MÉDECINE, PLACE DE L'ÉCOLE-DE-MÉDECINE

1859

CONSIDÉRATIONS PRÉLIMINAIRES

I

Toute découverte dans le domaine médical, ne fût-elle que spéculative, est utile par cela seul qu'elle satisfait un besoin de l'esprit en donnant à nos connaissances plus d'étendue et de précision. Mais une découverte acquiert surtout un haut degré d'importance quand, marquée d'un caractère essentiellement pratique, comme celle qui a été l'occasion de ce travail, elle concerne une maladie très-fréquente, qui peut s'emparer de l'homme dès le berceau et le conduire tôt ou tard à la tombe, à travers une série de tribulations et d'angoisses.

Tous mes travaux, j'ose le dire, ont eu ce double cachet; mais que n'a-t-on pas fait tantôt pour se les approprier, tantôt pour en gratifier des auteurs morts ou étrangers, tantôt enfin, quand on jugeait cette tâche impossible, pour amoindir leur valeur ou dissimuler leur origine[1]! L'intérêt personnel chez quelques-

[1] Pour savoir jusqu'où l'on est allé dans ces différentes voies, on peut consulter le *Mémoire historique* que j'ai publié il y a bientôt six ans, et reproduit en tête de mes *Recherches* de 1856. On y verra, par exemple, qu'un compétiteur a obtenu, en 1852, un prix de 12,000 fr. pour un manuscrit dont il avait emprunté les idées et souvent même la rédaction presque *textuelle* à un ouvrage que j'avais fait imprimer en 1845. Ma réclamation et mes preuves sont restées sans replique.

Quant à moi, j'avais présenté deux ouvrages au même concours. Mes *Recherches sur les rétrécissements de l'urètre*, qui avaient été copiées par mon heureux compétiteur, furent jugées insuffisantes, quoique contenant « des idées d'une haute portée. » Il est vrai que, si toutes ces idées avaient

uns, l'esprit de coterie chez beaucoup d'autres, la crédulité ou l'indifférence chez le plus grand nombre, ont travaillé comme à l'envi dans le but de former autour de moi l'obscurité la plus complète. Et pourquoi cependant? Ai-je donné jusqu'à ce jour les preuves d'une ambition bien démesurée? M'a-t-on jamais rencontré sur le chemin des positions lucratives ou honorifiques? Ai-je cherché ailleurs que dans la retraite et le travail mes moyens de succès? Et qu'ont donc à m'envier ceux qui me témoignent tant de mauvais vouloir?

Mais jetons un voile sur toutes ces petites passions, ces petites indignités qui malheureusement dégradent trop souvent notre profession en même temps qu'elles lui ôtent cette autorité morale, cet assentiment donc elle aurait si grand besoin dans ses luttes avec les charlatans de toute sorte qui s'attaquent journellement à sa considération plus encore qu'à ses intérêts.

Toutefois ce n'est pas une raison pour que je courbe humblement la tête et que je me résigne. Je crois avoir découvert des vérités utiles ; je dois conséquemment à la science et à l'humanité, je me dois à moi-même de ne rien négliger pour mettre ces vérités en évidence : il faut que la lumière se fasse et la lumière se fera.

pour but de guider le chirurgien dans le choix des méthodes, je n'étais pas tombé dans ces excentricités proscrites aujourd'hui par l'expérience. D'un autre côté, mes *Recherches sur les valvules du col de la vessie*, jugées « remarquables et d'un grand intérêt », furent regardées comme ne répondant pas aux termes du testament du marquis d'Argenteuil, fondateur de ce prix, qui est sexennal.

Je dois ajouter, toutefois, que la quatrième commission vient, après vingt années d'épreuves, car la fondation de ce prix date de 1838, de m'admettre enfin au banquet des récompenses académiques. La première commission avait, en 1846, partagé le prix entre quatre, et m'avait accordé 3,000 fr. ; mais l'Académie, jugeant qu'elle n'avait pas le droit de le scinder, avait annulé son rapport. La quatrième vient de le diviser entre six et nous mit deux *ex æquo* avec 4,000 fr. chacun : l'Académie me laissa seul au premier rang, mais ne changea rien aux autres dispositions en ce qui me concerne.

Ce prix, je puis en dire ce qu'a dit Rousseau de celui qui lui fut décerné par l'Académie de Dijon : « J'avois tâché de le mériter, mais je n'ai rien fait pour l'obtenir. »

J'aurais à passer en revue presque toute la pathologie des organes urinaires et génitaux si je voulais donner une idée, même sommaire, des diverses modifications que mes recherches ont introduites dans le traitement de leurs maladies; mais ce serait sortir du cadre que je me suis tracé en me déterminant à publier cet opuscule. J'ai voulu faire voir, par un exemple célèbre, quelle influence peut avoir sur la vie d'un homme, et même sur la marche de l'humanité, quand il s'agit de certains hommes, une altération assez minime pour passer inaperçue de médecins instruits qui l'ont eue sous les yeux et qui même l'ont touchée du doigt.

J.-J. Rousseau a été tourmenté pendant toute sa vie d'une difficulté d'uriner dont la cause est restée inexplicable, même après l'ouverture de son corps; c'est cette cause que je crois pouvoir faire connaître avec précision [1].

Mais, comme il s'agit d'idées nouvelles et qu'il me faudra procéder par voie d'exclusion, je me trouve obligé de donner un exposé succinct des principales causes de dysurie, et de montrer en même temps en quoi mes idées diffèrent de celles qui règnent dans la science, afin de mettre le lecteur en état de suivre les considérations dans lesquelles cette démonstration devra nécessairement m'entraîner.

II

Il n'est pas de médecin aujourd'hui qui confonde la suppression avec la rétention d'urine, c'est-à-dire les cas où ce liquide n'est pas sécrété avec ceux où il ne peut être rejeté au dehors; et cependant, tant est puissant l'empire de la routine! c'est une

1 La 1re édition de ce travail a été publiée en 1844, dans un appendice à mes *Recherches sur les valvules du col de la vessie*; celle-ci contient de notables développements.

confusion qu'on fait journellement dans la pratique; car comment expliquer autrement l'habitude où l'on est d'administrer des diurétiques, des boissons abondantes, des bains, etc., chaque fois que l'urine se trouve arrêtée dans son cours? On réussit quelquefois, il est vrai, lorsque la dysurie est purement inflammatoire; on a même parfois la chance, quand il existe un obstacle, de le forcer par une distention de plus en plus forte; mais on n'obtient presque toujours ainsi que l'émission du trop plein; et combien plus souvent on n'a d'autre résultat que de faire perdre à la vessie sa contractilité, de l'enflammer ainsi que les reins, et d'augmenter les difficultés du cathétérisme!

Quand on a affaire à une rétention d'urine, la meilleure conduite à tenir est donc d'en rechercher la cause, de débarrasser la vessie et d'empêcher ensuite l'accident de se reproduire en faisant cesser l'obstacle.

— C'est, dans quelques cas rares, un *phimosis*. Il peut arriver en effet que, soit par vice de conformation, soit par induration, ulcération et rétraction consécutive, l'orifice du prépuce soit tellement étroit que l'urine n'y passe que par un fil et à peine visible. On la voit alors dilater cette enveloppe à chaque émission, et, quand celle-ci est terminée, les dernières parties ne sortent que goutte à goutte, de manière à simuler une incontinence. Dans quelques cas une véritable incontinence ou une rétention complète surviennent, le phimosis agissant sur le col de la vessie à la manière des rétrécissements.

— *L'inflammation aiguë ou chronique de l'urètre* détermine fréquemment la dysurie. C'est une maladie des plus communes, de formes très-diverses, et dont beaucoup d'hommes sont atteints sans même s'en douter. Loin d'avoir presque toujours son origine dans des rapports contagieux ou dans l'exercice abusif ou trop prolongé des organes, elle a souvent pour causes le contact de personnes affectées seulement d'écoulements âcres et irritants, un défaut de propreté; la position assise trop prolongée, une voiture trop dure sur des chemins raboteux, des marches forcées, des fatigues, des veilles, des excès de table et de boissons spiritueuses; l'usage et surtout l'abus de substances diurétiques, la térébenthine, les baumes, les essences, les teintures âcres, le nitre, l'iodure de potassium, la scille, les cantharides, la moutarde, le raifort, le cresson, les asperges, l'oseille, le café, le poivre, le tabac, le vin blanc, le cidre et surtout la bière; l'introduction fréquente et le séjour de corps étrangers dans l'urètre, l'arrêt d'un gravier, un prépuce trop étroit, un rétrécissement naturel ou accidentel du canal, les engorgements de la prostate et les efforts pour uriner qu'ils nécessitent; une altération des urines, qu'elles soient trop acides, comme dans certaines fièvres, certaines épidémies inflammatoires, les dyspepsies acides, les digestions laborieuses, des inflammations chroniques des intestins, le travail de la dentition, certaines dispositions générales, herpétique, rhumatismale, goutteuse, le froid, et surtout le froid humide, la concentration de ce liquide produit par de fortes chaleurs et une transpiration abondante, etc., ou qu'elles soient alcalines par suite de leur stagnation dans la vessie, de l'inflammation de cet organe et surtout de celle des reins, par un régime trop exclusivement végétal, ou l'usage trop abondant, ou trop prolongé, des eaux et substances alcalines; les maladies du rectum, telles que les hémorroïdes, les fissures, les ascarides, etc. Les maladies des organes génitaux ont le plus souvent leur point de départ dans l'urètre; quelquefois cependant c'est le contraire. Aux dispositions générales déjà signalées j'ajouterai les tempéraments lymphatique et scrofuleux, ainsi que la diathèse syphilitique. Beaucoup de ces causes, sans doute, n'auraient pas un tel effet si elles agissaient isolément; mais malheureusement elles sont souvent réunies, agglomérées, et leur action est alors presque immanquable. J'ai cru devoir les rappeler parce que leur connaissance exacte constitue la partie prophylactique des maladies des organes génito-urinaires presque tout entière; mais je n'ai pu le faire que sommairement. Dans une série d'articles publiés dans l'*Union médicale* de 1858, je me suis efforcé de faire connaître en détail la part de chacune d'elles.

L'urétrite peut être générale; partielle, elle occupe le plus souvent la région prostatique, et, après celle-ci, la fosse naviculaire.

On dit et on croit généralement que l'urétrite aiguë gêne le cours de l'urine en tuméfiant la membrane muqueuse et en diminuant ainsi l'amplitude du canal; mais c'est une erreur : la preuve, c'est qu'une sonde traverse ordinairement alors avec assez d'aisance la région antérieure ou spongieuse qui en est la portion la plus vasculaire. Quelquefois un abcès se forme dans l'épaisseur des parois; mais ces abcès sont des cas exceptionnels, et c'est plus exceptionnellement encore qu'ils s'opposent au passage de l'urine. C'est plus profondément qu'on rencontre des obstacles, comme nous le verrons dans un instant.

L'urétrite chronique peut également amener la dysurie; mais, à moins qu'elle n'ait fait naître des rétrécissements, ce n'est pas non plus dans la région spongieuse qu'elle la détermine. Autrefois on supposait alors des carnosités, des végétations; mais ces végétations, sans être positivement un simple produit de l'imagination, sont si rares que je n'en ai rencontré qu'un exemple dans mes nombreuses recherches anatomiques, et encore le malade n'en avait-il pas été assez gêné pour réclamer les secours de l'art. On a aussi parlé de dilatations vasculaires capables d'oblitérer l'urètre; mais c'est une autre erreur; non pas qu'il soit rare d'y trouver les vaisseaux dilatés, mais ils ne le sont jamais de manière à constituer un obstacle capable de résister aux contractions réunies de la vessie et des muscles abdominaux. Ces traces d'inflammation se rencontrent assez souvent, il est vrai, chez des hommes morts de rétention d'urine; mais il existe presque toujours alors une autre cause de dysurie qui échappe aisément si on ne la cherche avec attention. Enfin on a supposé que l'urétrite chronique produit la rétention en déterminant ces engorgements ou hypertrophies de la prostate qu'on rencontre si fréquemment dans un âge avancé;

mais c'est encore là une erreur que je crois avoir victorieusement réfutée.

La difficulté d'uriner provient, dans ces diverses circonstances, d'un spasme, non pas des parois de l'urètre, comme le croient la plupart des chirurgiens, qui en admettent conséquemment la possibilité dans toute son étendue[1], mais des muscles qui agissent sur ce canal. Ce n'est donc que dans la région membraneuse et au col de la vessie que ces spasmes se produisent.

Ainsi l'urétrite peut amener la dysurie : 1° dans la région spongieuse, en la rétrécissant ; 2° dans la région membraneuse, en déterminant un spasme des muscles ambiants ; 3° au col de la vessie, par une contraction analogue à celui qui le ferme naturellement.

— Les *rétrécissements* de l'urètre succèdent soit à une inflammation, soit à la cicatrisation d'une plaie ou d'une ulcération. Mes recherches ont démontré que, dans le premier cas, ils résultent de la condensation des tissus vasculaires des parois du canal, qui se trouvent ainsi plus ou moins complétement réduits à leur trame solide ; dans le second, c'est le tissu dense et nacré

[1] J'ai combattu autrefois cette erreur et fait voir qu'elle tient à des causes très-diverses. Dernièrement un malade, qui avait la singulière idée de vouloir se traiter sous ma direction sans permettre que j'y misse la main, m'assura qu'il avait, à sept ou huit centimètres de profondeur, un rétrécissement qui devenait le siége de spasmes. Je lui dis que je n'en admettais pas dans cette région. Il me répondit alors que je me trompais assurément, qu'il avait un jour introduit sa bougie assez facilement à cette profondeur, et que, quand il s'agit de la retirer, elle était étreinte de telle sorte que les deux mains lui suffirent à peine pour l'extraire et qu'il fut un instant effrayé par la crainte de ne pas pouvoir le faire. Quelques semaines après il rendit une petite pierre allongée et un peu coudée dans son milieu, de deux centimètres environ de longueur et de six à sept millimètres de diamètre. Il devint alors évident pour moi que, la bougie ayant pénétré à côté, elle entraîna l'extrémité supérieure de la pierre lorsqu'on voulut l'extraire, et que celle-ci se trouva ainsi fortement serrée entre la paroi correspondante du canal d'une part et l'extrémité supérieure de la pierre formant arc-boutant. Ou peut-être ce calcul était-il tout simplement entraîné dans le rétrécissement par la bougie, et de là l'étreinte éprouvée par celle-ci.

dont se composent les cicatrices. Ils sont donc, dans les deux cas, formés par un tissu *fibreux*. Tous les auteurs en distinguent plusieurs autres espèces et on en a compté jusqu'à neuf : toutes, excepté celle que je viens d'indiquer, sont ou purement imaginaires, ou le résultat de méprises, comme je l'ai dit plus haut en parlant des gonflements inflammatoires, variqueux, etc., des parois, gonflements qui peuvent bien diminuer quelque peu le calibre du canal, mais jamais au point de produire les effets qu'on leur attribue et de mériter le nom qu'on leur donne.

Les rétrécissements peuvent se rencontrer dans toute l'étendue du canal, mais on ne les trouve presque jamais au delà de la région spongieuse. Ils occupent le plus souvent la partie la plus reculée de celle-ci ; vient ensuite son extrémité antérieure, et, en troisième lieu, les parties intermédiaires. Ils peuvent être multiples, et ils offrent de grandes variétés de longueur ; le plus souvent ils ont de cinq à dix millimètres. Leur diamètre varie également depuis une diminution à peine sensible du calibre du canal jusqu'à une oblitération complète ; mais celle-ci est excessivement rare et ne peut avoir lieu que s'il y a depuis longtemps une fistule qui donne passage à l'urine. Dans toute autre circonstance il existe un pertuis, et celui-ci, si fin qu'il soit, peut presque toujours être franchi à l'aide de beaucoup de patience, d'un peu de dextérité et des règles que j'ai données pour cela dans mes divers travaux sur cette maladie, règles que divers chirurgiens s'efforcent de s'approprier en détail, et qui, depuis vingt ans, ne m'ont fait faute qu'une seule fois, chez un malade dont le canal offrait une énorme fausse route.

Un simple rétrécissement doit toujours laisser passer l'urine, ne serait-ce que goutte à goutte ; cependant on en voit tous les jours, et même d'assez larges, accompagnés de rétention complète. Quand du mucus condensé, un caillot de sang ou un gravier sont arrêtés derrière et forment bouchon, l'explication est toute simple ; mais le plus souvent il n'y a rien. On a supposé qu'alors le point rétréci devient lui-même le siége d'un gonflement ou d'un spasme qui en complètent l'oblitération; mais c'est une erreur, et la preuve c'est que, dans les cas où il occupe l'extrémité antérieure du canal, il est extrêmement rare de trouver celui-ci distendu par l'urine accumulée derrière l'obstacle. La véritable raison de cette rétention réside dans les parties profondes et surtout au col de la vessie : c'est le spasme, la contracture ou même la rétraction dont je parlerai dans un instant. J'ai fait connaître à cet égard un fait qui avait passé complétement inaperçu, quoiqu'il ne soit pas très-rare : c'est qu'il peut arriver que la dilatation d'un rétrécissement soit portée à ses dernières limites sans aucun profit pour le malade, tant qu'on n'a pas remédié à certaines complications qui se sont produites sous son influence.

Un phénomène contraire s'observe quelquefois, mais presque toujours avec des rétrécissements très-étroits : c'est un suintement continuel d'urine, une véritable incontinence, par suite de la perte de ressort qu'une distention habituelle a fait éprouver au col de la vessie.

— Le *spasme de la région membraneuse* gêne moins le cours de l'urine en y produisant une sorte de crispation des parois, un effacement de la lumière par une véritable réduction de leur circonférence, qu'en déterminant une pression, une sorte de tassement de certains points de cette circonférence contre les autres, en même temps qu'il imprime à l'axe un changement bien marqué de direction. Ce spasme réside, en effet, dans deux muscles : l'un, le dépresseur de Santorini, qui tire en arrière et en bas l'extrémité inférieure de cette région, longue d'un centimètre à peine, et l'autre le muscle de Wilson, qui tire en haut et en avant son extrémité supérieure. Cette traction en sens inverse comprime nécessairement les parois l'une contre l'autre, change la direction du canal, et, au lieu de la courbure modérée que la région membraneuse forme naturellement avec la spongieuse, on en a une plus brusque et plus anguleuse. C'est donc moins un *rétrécissement spasmodique*, comme on le croit généralement, qu'une *déviation spasmodique*.

Quand l'inflammation est aiguë et le spasme passager, il suffit presque toujours de combattre la première pour faire cesser le second ; mais, quand l'inflammation est chronique et que le spasme se répète souvent, il devient une véritable contracture; les muscles qui en sont le siége finissent même par perdre la faculté de revenir à leur premier état; il s'opère une rétraction, et les changements que le canal a subis deviennent permanents.

On comprendra l'importance de ce que je viens de dire si l'on réfléchit qu'il suffit de s'en rendre bien compte pour passer presque d'emblée des sondes assez volumineuses là où les bougies les plus fines ne pouvaient s'insinuer faute d'une courbure et d'une direction convenables. J'en ai déduit en outre des conséquences utiles pour le traitement.

— Le *spasme du col de la vessie* produit également la rétention d'urine, mais par un mécanisme très-différent de celui qu'on supposait avant moi.

Les opinions étaient très-partagées au sujet de l'occlusion normale de cet orifice : les uns pensaient qu'un sphincter orbiculaire le ferme à la manière d'une bourse ; d'autres, au contraire, niaient l'existence de ce muscle; quelques-uns avaient émis l'opinion que le rôle qu'on lui prête est rempli par un anneau fibreux élastique agissant comme le ferait un anneau de caoutchouc. J'ai fait voir que cette occlusion se fait véritablement par du tissu musculaire, mais non disposé circulairement, et que ce tissu, après avoir contourné par son milieu le bord postérieur, puis les bords latéraux de l'orifice, se jette par ses extrémités dans la paroi antérieure de la vessie; d'où j'ai conclu que, lorsqu'il se contracte, il entraîne le bord postérieur au-dessus de l'antérieur et qu'il s'oppose à la sortie de l'urine à la manière d'une soupape. Un pareil mécanisme pouvait seul, en effet, nous donner la facilité avec laquelle nous retenons notre urine. Un autre plan musculaire, que j'ai fait connaître également, a pour fonction de tirer le bord postérieur en arrière, et d'ouvrir par conséquent l'orifice au moment de l'émission.

— J'ai donné le nom de *valvule* à cette saillie que fait le bord postérieur du col vésical pendant l'occlusion : cette valvule est donc un état normal ; mais, quand il existe une inflammation dans son voisinage, soit dans la région prostatique, soit dans le bas-fond de la vessie, il se produit un spasme ou même une contracture du tissu musculaire qui la soulève, et l'orifice ne peut s'entrouvrir tant que cet état dure ; bien plus, s'il persiste trop longtemps ou s'il se répète trop souvent, le tissu musculaire perd la faculté de se relâcher et la valvule devient permanente.

Cette maladie est d'autant plus importante à connaître qu'aucun âge n'en est à l'abri, et qu'elle peut non-seulement exister seule, mais encore compliquer presque toutes celles de l'urètre et de la vessie. J'ai fourni les moyens de la diagnostiquer pendant la vie et de la guérir.

— On décrit sous le nom de *névralgie du col vésical* des douleurs très-vives, tantôt intermittentes et tantôt continues, qui s'accompagnent souvent d'une grande gêne pour uriner. D'après ce que j'ai maintes fois constaté, ce n'est pas une maladie essentielle ; c'est une inflammation le plus souvent chronique du col de la vessie, avec ou sans valvule permanente, et qui, soit en raison du tempérament du malade, soit pour d'autres causes, s'accompagne d'une excitation particulière du système nerveux local. On doit, dans le traitement, tenir compte de ces divers éléments. Parfois j'ai fait cesser comme par enchantement ces violentes douleurs avec quelques centigrammes de sulfate de quinine et d'opium, sans faire disparaître pour cela les autres signes d'inflammation ; dans d'autres circonstances les antiphlogistiques sont indispensables ; d'autres fois enfin il faut nécessairement faire disparaître la valvule pour dissiper la névralgie.

— L'*engorgement de la prostate* est la cause habituelle des dysuries qui affligent si souvent les hommes âgés. Beaucoup d'auteurs le regardent comme l'effet d'une inflammation chronique ; pour moi, c'est un vice de nutrition, une véritable hypertrophie, qui se fait sous l'influence de la congestion habituelle dont le bassin est le siége chez les vieillards, par suite de la lenteur de leur circulation, du relâchement des parois de leurs veines et de la position assise qu'ils gardent habituellement, même au lit.

Cet engorgement ne rétrécit pas la région correspondante du canal ; au contraire il la dilate, et quelquefois de manière à en tripler, quadrupler la largeur [1]. Aussi, quand la glande s'hypertrophie régulièrement dans toutes ses parties, elle ne produit pas une rétention et dispose quelquefois même à l'incontinence, ainsi que je l'ai démontré.

Mais le plus souvent l'hypertrophie est irrégulière, c'est-à-dire qu'une portion se développe plus que les autres, et, quand ce développement se fait du côté du canal, une dysurie plus ou moins marquée en est le résultat. — Tantôt un des lobes latéraux se tuméfie dans sa partie centrale, refoule le canal du côté opposé, le dévie et rend ainsi la miction plus difficile ; cependant il est rare qu'elle l'empêche complétement. — Tantôt le lobe moyen, que j'appelle ***susmontanal***, a pris plus d'accroissement que le reste, mais toutes ses granulations y participent, et il en résulte encore une valvule que je nomme ***pros-***

[1] Cette circonstance, jointe à la disposition non orbiculaire du sphincter du col de la vessie, donnent à cet orifice, ainsi qu'à la partie profonde de l'urètre, la faculté de se dilater énormément sans déchirure. J'ai exposé ce fait dans un discours lu, au mois de novembre 1857, à la Société médicale du Panthéon, pour réfuter plusieurs assertions de M. Heurteloup, et, particulièrement, pour prouver que l'instrument de lithotritie qu'il donne comme de lui n'est qu'un emprunt qu'il a fait à Weiss, fabricant anglais, pendant son séjour à Londres (voir *l'Abeille médicale* de 1858). M. Heurteloup eut depuis l'idée de profiter de cette dilatabilité pour extraire certaines pierres de la vessie par la taille périnéale, sans inciser la prostate et le col vésical ; et ce procédé, non-seulement il le présenta à l'Académie des Sciences, mais encore il le fit retentir dans tous les journaux politiques. Il ignorait, j'aime à le croire, que, de mon côté, j'avais tiré cette même conclusion dans mes *Recherches* de 1856, p. 585 et 588. La preuve que je lui avais parlé, à la Société médicale du Panthéon, de la dilatabilité dont il s'agit, se trouve à la p. 6 de mon discours, qui a été imprimé peu de temps après, et que j'ai réuni, depuis cette époque, au volume que je viens de citer.

tatique, pour la différencier des valvules musculaires. Cette hypertrophie, en augmentant d'un côté à l'autre la portion qui se trouve derrière le col de la vessie, élargit cet orifice, mais elle détermine en même temps une saillie qui se porte en avant et tend à fermer le canal comme les valvules musculaires. — Tantôt enfin des granulations des parties les plus élevées de la prostate se développent et font dans la vessie une ou plusieurs tumeurs à large base ou pédiculées. Tant que ces tumeurs restent verticales, elles ne gênent pas le cours de l'urine; mais, si elles s'inclinent du côté du canal tout à coup, ou graduellement, elles déterminent une rétention plus ou moins rapide. La portion susmontanale en est encore le siége le plus ordinaire; de sorte que c'est le bord postérieur du col de la vessie qui est le siége habituel des obstacles prostatiques, circonstance qu'il ne faut pas oublier quand on introduit une sonde.

— L'*inflammation de la vessie*, lorsqu'elle avoisine le col, produit souvent une rétention en provoquant le spasme du muscle qui le ferme. Quand au contraire l'inflammation occupe les parois de cet organe, les contractions spasmodiques qu'elle y détermine chassent continuellement l'urine à mesure qu'elle vient des reins : la plus petite quantité de ce liquide ne peut alors être tolérée ; c'est une sorte d'*impatience* que beaucoup de malades confondent avec l'incontinence réelle, distinction fort importante pour le traitement.

Néanmoins c'est chose très-commune que de voir une cystite générale avec une dysurie. On peut être presque sûr alors que l'inflammation est consécutive à la rétention. Le catarrhe de la vessie est une inflammation chronique; or, s'il passe pour incurable, c'est qu'on le traite comme une maladie essentielle et qu'on ne s'occupe pas de la cause qui l'a produit. Est-il étonnant que, celle-ci persistant, l'effet persiste également? Qu'on suive une marche contraire, et souvent le catarrhe disparaîtra spontanément.

— Une ou plusieurs *pierres* existant dans la vessie produisent encore de fréquents accès de rétention. On croit généralement que c'est en bouchant l'orifice, et c'est effectivement ce qui a lieu quelquefois; mais ce n'est pas ainsi que les choses se passent dans la plupart des cas; autrement le moindre mouvement du tronc suffirait presque toujours pour déplacer le corps étranger, et certes les malades pris de rétention complète ne se font pas faute de changer de position et de s'agiter. Le véritable obstacle au passage de l'urine est encore un spasme provoqué au col de la vessie par la présence de la pierre : mes moyens d'exploration m'ont permis de m'en assurer bien des fois pendant la vie. Alors le cours normal de l'urine se rétablit après l'extraction.

La dysurie ne se dissipe cependant pas toujours ainsi : c'est que l'obstacle provoqué par le spasme est devenu permanent, ou, plus souvent encore, c'est que l'obstacle a précédé le corps étranger, et peut-être même en a favorisé la formation, soit en empêchant la sortie de graviers qui sont devenus les noyaux de corps plus volumineux, soit en déterminant la stagnation de l'urine, et par suite une inflammation catarrhale qui en a précipité les phosphates. Un de mes malades avait vu, dans l'espace de cinq années, sa pierre se reproduire quatre fois; je l'ai débarrassé d'un obstacle qui l'empêchait de vider sa vessie, et, depuis près de quinze ans que cette opération a été faite, il ne s'est plus formé de corps étranger (*Recherches sur les valvules*, 2e édit., p. 358). C'est dans ces cas compliqués que ma sonde évacuatoire à double courant est d'une utilité majeure (*Recherches sur le traitement*, etc., p. 568).

— Une *paralysie de la vessie* peut encore être cause de rétention d'urine; mais hâtons-nous de dire qu'on entend généralement sous ce nom deux états bien différents. Il est incontestable que cet organe peut perdre la faculté de se contracter dans certaines maladies du système nerveux, et surtout dans celles de l'extrémité inférieure de la moelle épinière; mais, en général, les effets de cette lésion sur la miction sont bien différents suivant la rapidité avec laquelle elle s'est produite. S'est-elle faite lentement : il arrive souvent que, sans passer par une période de dysurie appréciable, l'urine en vient à sortir par regorgement ou même par incontinence, à mesure qu'elle arrive dans la vessie. La lésion a-t-elle au contraire été prompte, instantanée, comme dans les fractures du rachis : on observe presque toujours au début la rétention complète, et ce n'est qu'après plusieurs jours, quelquefois même après des semaines, que l'urine finit par sortir involontairement. Faut-il admettre que le col de la vessie est moins que son corps sous la dépendance de la moelle épinière? Cette supposition, que j'ai entendu faire, me paraît contraire à tout ce que nous possédons de notions anatomiques et physiologiques à cet égard. Pour moi, je crois que, si le col résiste pendant quelque temps à l'effort de l'urine pour sortir, cela tient à ce que la soupape formée par le bord postérieur de cet orifice reste fermée par la seule tonicité du tissu musculaire, et que, si l'occlusion résultait d'un simple froncement, comme on le croyait avant moi, cette résistance serait bientôt vaincue.

— Outre cette espèce de paralysie vésicale, on en a décrit une autre qu'on attribue uniquement à l'influence débilitante de la vieillesse. Je crois qu'on s'est grandement trompé à cet égard. Il arrive, en effet, assez souvent que, sans affection du système nerveux, la vessie perd de sa contractilité; mais cela s'observe aussi chez des jeunes gens. D'un autre côté, tandis que les hommes en sont si souvent atteints, les femmes n'en présentent presque jamais d'exemple. Pourquoi? Pourquoi d'ailleurs la vessie serait-elle plutôt et plus souvent atteinte que les autres organes, tels que les intestins, l'estomac, le cœur? C'est que cette paralysie est presque toujours consécutive à la présence d'un obstacle qu'on avait méconnu, notamment à la présence de valvules et d'engorgements prostatiques, et qu'elle résulte de la fatigue de la couche musculaire de la vessie, occasionnée par une lutte incessante et par une distension habituelle. Cet état, dans la plupart des cas, cesse après l'ablation de l'obstacle; cependant on n'est pas toujours aussi heureux. Il importe donc de faire disparaître cet obstacle au plus vite.

— La rétention d'urine peut encore reconnaître d'autres causes ; mais elles sont trop rares, trop exceptionnelles, pour trouver place dans ces généralités.

Il en est une cependant que je ne puis passer sous silence et qui a sa cause dans les uretères. Les canaux destinés à conduire l'urine des reins à la vessie n'ont, à l'état normal, que le diamètre d'une plume de corbeau ; cependant ils offrent, surtout vers leur milieu, trois ou quatre dilatations, circonstance signalée par Nuck et remise dernièrement en lumière par M. Gigon, d'Angoulême. Or, lorsqu'un gravier formé dans les reins s'engage dans un uretère, il le bouche, pour peu qu'il ait de volume, et l'urine, en s'accumulant derrière, produit une distension excessivement douloureuse qu'on désigne sous le nom de *coliques néphrétiques* et qui ne cesse que lorsque le gravier a été poussé jusqu'à l'une des dilatations indiquées, où l'urine peut s'échapper autour du corps étranger. Toutefois, quand celui-ci parvient à une autre angustie, un autre accès se reproduit, jusqu'à ce qu'enfin il tombe dans la vessie, d'où il s'échappe par l'urètre; sinon il devient le noyau d'un calcul.

Ordinairement la rétention n'a lieu que d'un seul côté et le malade rend une certaine quantité d'urine provenant de l'autre rein ; mais, dans quelques cas rares, la rétention est complète, ce qui provient presque toujours, non pas de ce que des graviers marchent parallèlement des deux côtés, mais de ce que, l'un des conduits étant oblitéré de longue date par un gravier ou autrement, l'autre se trouve, à son tour, momentanément intercepté.

Mais l'urine peut-elle être arrêtée dans un ou dans les deux uretères sans l'intervention d'un corps étranger? Peut-il exister des coliques néphrétiques sans gravier? J'ai l'un des premiers fait connaître des faits de ce genre, et je les ai attribués à une occlusion spasmodique des uretères à leur entrée dans la vessie, sous l'influence d'une irritation quelconque de cet organe. M. de Crozant, qui en a publié d'autres vers la même époque[1], les attribue à une oblitération de ces conduits par du mucus visqueux. Ce que j'ai vu ne me permet pas d'adopter cette opinion, du moins comme explication générale.

A plusieurs époque de sa vie J.-J. a éprouvé des coliques néphrétiques, et il n'a jamais eu ni pierre ni gravier.

Ce résumé démontre de la manière la plus incontestable que mes travaux ne sont pas de pures spéculations théoriques ou de simples faits anatomiques dénués de toute utilité pour les malades, comme certains de mes adversaires n'ont pas rougi de l'imprimer. Quand ces assertions contradictoires ne se détruiraient pas par leur opposition même, le but commun vers lequel elles tendent ne met que trop en évidence l'esprit qui les a dictées.

Paris, 10, rue de Seine, 15 avril 1859.

[1] M. de Crozant a publié son Mémoire dans *l'Union médicale* des 12 et 15 avril 1856; mes idées l'ont été à la page 323 de mes *Recherches sur le traitement, etc.*, qui ont paru vers le 10 mai suivant. Mais, comme ce volume contient 623 pages, il devient évident qu'elles étaient alors imprimées depuis longtemps.

EXPLICATION

DE LA

MALADIE DE J.-J. ROUSSEAU

ET DE L'INFLUENCE QU'ELLE A EUE SUR SON CARACTÈRE ET SUR SES ÉCRITS.

I

La dysurie dont je viens d'esquisser le tableau est une des incommodités les plus fâcheuses qui puissent affliger l'humanité. Ceux qui en sont atteints et qui n'en peuvent guérir, soit par leur propre incurie, soit par l'insuffisance des traitements qu'on leur applique ou par celle de la science elle-même, sont condamnés à une existence pénible quand la maladie est légère, à une fin prochaine et douloureuse quand elle est grave. Relégués loin de la société par les mille inconvénients, par les exigences secrètes de leur infirmité, il n'y a plus d'affaires pour eux, encore moins de plaisirs; beaucoup restent à peine capables d'affections. Je ne saurais dire combien de célibats n'ont pas d'autre cause, et quelles confidences j'ai reçues à cet égard. Combien même de ces malheureux, tourmentés dans la solitude par de continuelles appréhensions, se croyant à charge à tout ce qui les entoure et dégoûtés d'eux-mêmes, ont fini par prendre la vie en haine et s'en débarrasser! C'est ce qui est arrivé à un vieillard que j'espérais bien rendre à la santé quand de funestes suggestions l'ont jeté dans une voie qui lui est devenue fatale [1], ainsi qu'à un autre que je ne voulais pas opérer parce que son état ne me semblait pas assez sérieux pour exiger cette ressource extrême. Un troisième, jeune encore, m'assurait qu'il ne quitterait pas Paris vivant si la tentative qu'il faisait près de moi échouait comme les autres [2].

En général on peut dire que les affections des voies urinaires sont des causes de suicide trop peu connues et bien plus communes qu'on ne croit. Mais ce n'est pas tout : combien de fois n'a-t-on pas vu la plus belle faculté de l'homme, l'intelligence, se troubler par le fait des désordres survenus dans une fonction qui est un des principaux moyens épuratoires de l'économie et sous l'incessante provocation de la douleur, de l'ennui, de la crainte et du désespoir! De là diverses formes d'hypocondrie, de monomanie, de manie, etc.

Une autre raison vient s'ajouter aux précédentes pour expliquer de si tristes résultats.

Quiconque s'occupe un peu philosophiquement de l'étude de la nature a dû remarquer qu'elle veille avec bien plus de sollicitude encore à la conservation des espèces qu'à celle des individus, et qu'à cette fin elle a déposé au sein de chaque être un instinct si puissant

[1] Voir mes *Recherches sur le traitement des organes urin.*, etc., p. 368.

[2] L'histoire de ce malade se trouve dans mes *Rech. sur les valvules*.

et si vif qu'il l'emporte bien souvent sur celui de sa propre conservation. De là sans doute, en grande partie du moins, l'importance que chaque homme, même le plus dégagé des voluptés sensuelles, attache irrésistiblement à l'intégrité des organes génitaux, et l'influence oppressive, sourde et continue, que leurs maladies exercent sur son esprit. Or presque toujours, surtout dans les affections du col de la vessie, le désordre porte à la fois sur les deux appareils.

Je pourrais rapporter, à l'appui de ces réflexions, plusieurs histoires propres à démontrer ces pernicieux effets; mais aucune ne serait plus intéressante ni plus décisive que celle de Jean-Jacques Rousseau. L'importance de l'homme, les singularités de son existence, les bizarreries de son caractère, la diversité des opinions qui ont été émises sur la cause des maux qui ont fait le tourment de sa vie, tout nous excite à le prendre pour exemple. J'espère non-seulement démontrer, à l'aide de données nouvelles, ce qu'était sa maladie, qu'on n'a pu découvrir même à l'ouverture du corps, mais encore le faire mieux connaître lui-même en mettant en lumière l'influence de cette maladie sur ses actes et sur ses écrits.

II

Rousseau nous fait lui-même l'historique de ses souffrances.

« J'étois né presque mourant (le 28 juin 1712) ; on espéroit peu me conserver. J'apportai le germe d'une incommodité que les ans ont renforcée, et qui maintenant ne me donne quelquefois des relâches que pour me laisser plus cruellement souffrir d'une autre façon... [1]. Un vice de formation dans la vessie me fit éprouver durant mes premières années une rétention d'urine continuelle [2], et ma tante Suzon, qui prit soin de moi, eut des peines incroyables à me conserver. Elle en vint à bout cependant ; ma robuste constitution prit enfin le dessus, et ma santé s'affermit tellement, durant ma jeunesse, que, excepté la maladie de langueur dont j'ai raconté l'histoire [3] et de fréquents besoins d'uriner que le moindre échauffement me rendit toujours incommodes, je parvins jusqu'à trente ans sans presque me sentir de ma première infirmité. Le premier ressentiment que j'en eus fut à mon arrivée à Venise. La fatigue du

[1] *Confessions*, livre Ier (c'est vers 1766 que cette partie fut écrite). — Voyez aussi ses lettres des 10 juillet 1759, 22 juillet et 10 novembre 1761, et 9 février 1770.

[2] Remarquons qu'il s'agit d'un vice de conformation dans les parties profondes ; mais voici ce qu'il dit ailleurs, faisant allusion à un abominable pamphlet qu'il attribuait à Vernes, mais qu'on a cru depuis être de Voltaire, et qui avait pour titre : *Sentiments des citoyens*, etc. : « On m'accusoit d'être usé de débauche, pourri de v... et d'autres gentillesses semblables... moi qui non-seulement n'eus de mes jours la moindre atteinte d'aucun mal de cette espèce, mais que *des gens de l'art ont même cru conformé de manière à n'en pouvoir contracter.* » (*Conf.*, livres VII et XII.) Il est question sans doute ici de quelque défaut externe, mais je n'ai rien trouvé qui pût m'éclairer sur ce point. Je ne vois qu'un phimosis ou un hypospadias qui pussent se prêter à une pareille supposition, et encore les gens de l'art seraient-ils tombés à cet égard dans une erreur complète.

[3] *Conf.*, livre V.

voyage et les terribles chaleurs que j'avais souffertes me donnèrent une ardeur d'urine et des maux de reins que je gardai jusqu'à l'entrée de l'hiver. Après avoir vu la Padoana, je me crus mort et n'eus pas la moindre incommodité. Après m'être épuisé plus d'imagination que de corps pour ma Zulietta, je me portai mieux que jamais. Ce ne fut qu'après la détention de Diderot que l'échauffement contracté par mes courses à Vincennes, pendant les terribles chaleurs qu'il faisait alors, me donna une violente néphrétique depuis laquelle je n'ai jamais recouvré ma première santé [1].

« Au moment dont je parle, m'étant un peu fatigué au maussade travail de cette maudite caisse (vers 1750 le financier Francueil l'avait nommé son caissier), je retombai plus bas qu'auparavant, et je demeurai dans mon lit cinq ou six semaines dans le plus triste état que l'on puisse imaginer. Madame Dupin m'envoya le célèbre Morand, qui, malgré son habileté et la délicatesse de sa main, me fit souffrir des maux incroyables et ne put jamais venir à bout de me sonder. Il me conseilla de recourir à Daran, dont les bougies plus flexibles parvinrent en effet à s'insinuer; mais, en rendant compte à madame Dupin de mon état, Morand lui déclara que dans six mois je ne serois pas en vie [2]. »

Quelques années avant cette époque il écrivait à madame de Warens : « Je n'espérois plus d'avoir le

[1] *Conf.*, livres VII et VIII. — C'était en 1749.

[2] *Conf.*, livre VIII. — Voyez aussi une lettre du 19 janv. 1751.

plaisir de vous écrire ; l'intervalle de ma dernière lettre a été rempli coup sur coup de deux maladies affreuses. J'ai d'abord eu une attaque de colique néphrétique, fièvre, ardeur et rétention d'urine. La douleur s'est calmée à force de bains, de nitre et d'autres diurétiques, mais la difficulté d'uriner subsiste toujours, et la pierre qui des reins est descendue dans la vessie ne peut en sortir que par l'opération[1]. »

« L'attaque que je venois d'essuyer (celle de 1750) eut des suites qui ne m'ont jamais laissé aussi bien portant qu'auparavant, et je crois que les médecins auxquels je me livrai me firent bien autant de mal que la maladie. Je vis successivement Morand, Daran, Helvétius, Malouin, Thierry, qui, tous très-savants, tous mes amis, me traitèrent chacun à sa mode, ne me soulagèrent point et m'affaiblirent considérablement. Plus je m'asservissois à leur direction, plus je devenois jaune, maigre, foible. Mon imagination, qu'ils effarouchoient, mesurant mon état par l'effet de leurs drogues, ne me montroit avant la mort qu'une suite de souffrances : les rétentions, la gravelle, la pierre. Tout ce qui soulage les autres, les tisanes, les bains, la saignée, empiroit mes maux. M'étant aperçu que les sondes de Daran, qui seules me faisoient quelque effet, et sans lesquelles je ne croyois plus pouvoir vivre, ne me donnoient cependant qu'un soulagement momentané, je me mis à faire, à grands frais, d'immenses provisions de sondes pour

[1] Lettre du 26 août 1748.

pouvoir en porter toute ma vie, même au cas que Daran vînt à manquer. Pendant huit ou dix ans que je m'en suis servi si souvent, il faut, avec tout ce qui m'en reste, que j'en aie acheté pour cinquante louis. On sent qu'un traitement si coûteux, si douloureux, si pénible, ne me laissoit pas travailler sans distraction, et qu'un mourant ne met pas une ardeur bien vive à gagner son pain quotidien[1]. »

Le 13 février 1753 il écrivait à madame de Warens : « Votre fils s'avance à grands pas vers sa dernière demeure ; le mal a fait un si grand progrès cet hiver que je ne dois plus m'attendre à en voir un autre. »

Dans la belle saison il fit un voyage de sept à huit jours à Saint-Germain, dont il se trouva très-bien : il travaillait alors à son *Discours sur l'Inégalité.* « Cette promenade et cette occupation, dit-il, fit du bien à mon humeur et à ma santé. Il y avoit déjà plusieurs années que, tourmenté de ma rétention d'urine, je m'étois tout à fait livré aux médecins, qui, sans alléger mon mal, avoient épuisé mes forces et détruit mon tempérament. Au retour de Saint-Germain je me trouvai plus de forces et me sentis beaucoup mieux. Je suivis cette indication, et, résolu de guérir ou mourir sans médecins et sans remèdes, je leur dis adieu pour jamais et me mis à vivre au jour la journée, restant coi quand je ne pouvois aller et marchant si tôt que j'en avois la force [2]. »

[1] *Conf.*, livre VIII. — [2] *Ibid.*

Néanmoins, trois ans plus tard, il eût pu s'apercevoir que les médecins n'étaient pas ses seuls ennemis. « Avec des sens si combustibles, dit-il, avec un cœur pétri d'amour..., l'impossibilité d'atteindre aux êtres réels me jeta dans le pays des chimères. Ne voyant rien qui fût digne de mon délire, je le nourris dans un monde idéal que mon imagination créatrice eut bientôt peuplé d'êtres selon mon cœur... Au plus fort de ma plus grande exaltation, je fus retiré tout d'un coup par le cordon, comme un cerf-volant, et remis à ma place par la nature, à l'aide d'une attaque assez vive de mon mal. J'employai le seul remède qui m'eût soulagé, savoir les bougies, et cela fit trêve à mes angéliques amours; car, outre qu'on n'est guère amoureux quand on souffre, mon imagination, qui s'anime à la campagne et sous les arbres, languit et meurt dans la chambre et sous les solives d'un plancher [1]. »

« Quoique mes rétentions me laissassent alors peu de relâche en hiver, et qu'une partie de celui-ci je fusse réduit à l'usage des sondes, ce fut pourtant, à tout prendre, la saison que, depuis ma demeure en France, j'ai passée avec le plus de douceur et de tranquillité [2]. »

L'hiver suivant, nouvelles et fréquentes rétentions, compliquées en outre d'une infirmité que la dysurie et les efforts qu'elle occasionne amènent souvent; je veux parler d'une descente qui le tourmentait de-

[1] *Conf.*, livre IX. — [2] *Ibid.*

puis quelque temps, sans qu'il sût que c'en était une. Cette fois encore ce ne fut pas aux médecins qu'il dut cette fâcheuse recrudescence; mais elle avait été précédée de ses amours pour madame d'Houdetot, dont il nous a laissé des peintures si passionnées. « Qu'on n'aille pas s'imaginer, écrivait-il dans sa vieillesse, qu'ici mes sens me laissoient tranquille... Je l'ai déjà dit, c'étoit de l'amour cette fois, et l'amour dans toute son énergie et dans toutes ses fureurs. Je ne décrirai ni les agitations, ni les frémissements, ni les palpitations, ni les mouvements convulsifs, ni les défaillances de cœur que j'éprouvois continuellement : on en pourra juger par l'effet que sa seule image faisoit sur moi. J'ai dit qu'il y avoit loin de l'Ermitage à Eaubonne; je passois par les coteaux d'Andilly, qui sont charmants. Je rêvois en marchant à celle que j'allois voir, à l'accueil caressant qu'elle me feroit, au baiser qui m'attendoit à mon arrivée. Ce seul baiser, ce baiser funeste, avant même de le recevoir, m'embrasoit le sang à tel point que ma tête se troubloit, un éblouissement m'aveugloit, mes genoux tremblants ne pouvoient me soutenir; j'étois forcé de m'arrêter, de m'asseoir; toute ma machine étoit dans un désordre inconcevable : j'étois prêt à m'évanouir. Instruit du danger, je tâchois en partant de me distraire et de penser à autre chose. Je n'avois pas fait vingt pas que les mêmes souvenirs et tous les accidents qui en étoient la suite revenoient m'assaillir, sans qu'il me fût possible de m'en délivrer, et, de quelque façon que je m'y sois pu prendre, je ne crois pas qu'il me soit arrivé de faire seul le trajet impunément. J'arrivois à Eaubonne foible, épuisé, rendu, me soutenant à peine ; à l'instant que je la voyois, tout étoit réparé ; je ne sentois auprès d'elle que l'importunité d'une vigueur inépuisable et toujours inutile.... Cet état, et surtout sa durée pendant trois mois d'irritation continuelle et de privation, me jeta dans un épuisement dont je n'ai pu me tirer de plusieurs années et finit par me donner une descente que j'emporterai ou qui m'emportera au tombeau. Telle a été la seule jouissance amoureuse de l'homme du tempérament le plus combustible, mais le plus timide en même temps que peut-être la nature ait jamais produit[1]. »

On verra plus loin pourquoi j'ai transcrit ici cette érotique et brûlante description.

Cet ébranlement avait été trop violent pour que le calme pût bientôt se rétablir ; aussi le malheureux J.-J. vit-il la belle saison s'écouler sans lui rendre ses forces, et il passa toute l'année 1758 dans un état de langueur qui lui fit croire qu'il touchait à la fin de sa carrière. « Les sondes, les bougies, les bandages, tout l'appareil des infirmités de l'âge rassemblé autour de lui, lui fit durement sentir qu'on n'a plus le cœur jeune impunément quand le corps a cessé de l'être[2]. »

Pendant l'automne de 1761 il tomba tout à fait malade, ce qu'il attribue aux eaux de Montmorency,

[1] *Confessions*, livre IX. — [2] *Conf.*, livre X.

et il passa l'hiver entier dans des souffrances sans relâche. « Il se sentoit mourant[1]. »

A la fin de cet hiver. il fut visité par le frère Côme. « Je n'avois jamais pu être sondé, dit-il, même par Morand, qui s'y prit à plusieurs fois et toujours sans succès. Le frère Côme, qui avoit la main d'une adresse et d'une légèreté sans égale, vint à bout enfin d'introduire une très-petite algalie, après m'avoir beaucoup fait souffrir pendant plus de deux heures... Au premier examen le frère Côme me trouva une grosse pierre et me le dit; au second il ne la trouva plus. Après avoir recommencé une seconde et une troisième fois avec un soin et une exactitude qui me firent trouver le temps fort long, il déclara qu'il n'y avoit point de pierre, mais que la prostate était squirreuse et d'une grosseur surnaturelle. Il trouva la vessie grande et en bon état, et finit par me déclarer que je souffrirois beaucoup et que je vivrois longtemps... C'est ainsi qu'après avoir été traité successivement, pendant tant d'années, de vingt maux que je n'avois pas, je finis par savoir que ma maladie, incurable sans être mortelle, dureroit autant que moi. Mon imagination, réprimée par cette connoissance, ne me fit plus voir en perspective une mort cruelle dans les douleurs du calcul. Je cessai de craindre qu'un bout de bougie, qui s'était rompue dans l'urètre

[1] *Conf.*, livre XI. *V.* aussi *Corresp.*, lettres des 24 décembre 1761, 21 janvier, 18 février, 4 avril, 15 novembre 1762. Dans sa première lettre à M. de Malesherbes, du 4 janvier 1762, il attribue *le progrès de ses maux* aux embarras que rencontrait l'impression de l'*Émile*.

il y avoit longtemps [1], n'eût fait le noyau d'une pierre. Délivré des maux imaginaires, plus cruels pour moi que les maux réels, j'endurois plus paisiblement ces derniers. Il est constant que, depuis ce temps, j'ai beaucoup moins souffert de ma maladie que je n'avois fait jusqu'alors [2]. »

Il paraît cependant qu'il souffrait encore beaucoup l'hiver suivant; il est vrai que c'est celui qui avait suivi la condamnation d'*Emile*, sa fuite de Montmorency et son refuge précipité en Suisse (juin 1762). Il se condamna alors plus rigoureusement que jamais à la continence, qu'il observait depuis trois ou quatre ans, ayant « remarqué que l'habitation des femmes empiroit sensiblement son état... Le vice équivalent, est-il dit dans une variante, dont je n'ai jamais pu bien me guérir, m'y paroissoit moins contraire [3]. »

[1] Voici comment Rousseau a rendu compte de cet accident à un ami : « Un bout de sonde molle, sans laquelle je ne saurois pisser, est resté dans le canal de l'urètre et augmente considérablement la difficulté du passage ; et vous savez que, dans cette partie-là, les corps étrangers ne restent pas dans le même état, mais croissent incessamment en devenant les noyaux d'autant de pierres. » Quelques jours après il écrivait au même : « C'en est fait, nous ne nous reverrons plus que dans le séjour des justes. Mon sort est décidé par les suites de l'accident dont je vous ai parlé ci-devant. » (Lettres des 12 et 23 décembre 1761.)

[2] *Conf.*, livre XI. — Rousseau, dans une lettre du 30 octobre 1761, dit que le frère Côme est venu le voir deux fois; il lui rend la même justice, mais il ajoute qu'il n'en souffre pas moins depuis ses visites. Ces deux assertions ne sont pas contradictoires : souvent, en effet, le résultat immédiat du passage d'une sonde est une irritation plus vive, et ce n'est que quand celle-ci s'est dissipée que le mieux se fait sentir. Je n'ai pas besoin de faire remarquer que la date indiquée dans cette lettre est antérieure d'une année à celle donnée par les *Confessions*, dont le XIe livre a été écrit en 1769.

[3] *Conf.*, livre XII. — Dans une lettre du 31 août 1768, il dit que depuis treize ans il vit avec Thérèse dans la plus pure fraternité.

Les années 1763 et 1764 ne furent guère moins pénibles sans doute, à en juger par sa correspondance. « Ma situation étoit pire ces derniers temps, écrivait-il au mois d'août 1763; mais j'avais des moments de relâche et maintenant je n'en ai plus. J'aimerois mieux de plus vives douleurs et des intervalles [1]. » L'automne lui donna du soulagement au point de pouvoir faire dans le pays quelques voyages pédestres très-utiles à sa santé. « Mais le retour de l'hiver produisit son effet ordinaire en le remettant aussi bas qu'il étoit au printemps [2]. » Son dépérissement ne fit que s'accroître en 1764 [3]. « Mes maux empirent et deviennent presque insupportables, s'écriait-il douloureusement : il ne me reste qu'à souffrir et mourir sur la terre [4]. » La vallée qu'il habitait en Suisse lui était « pernicieuse [5]. » En effet l'humidité ne favorise pas les fonctions de la peau, et il en résulte une disposition plus grande à l'irritation des organes internes et une sécrétion urinaire plus active, ce qui est toujours fâcheux quand l'excrétion s'en fait difficilement. Aussi Rousseau nous apprend-il que la marche lui était nécessaire [6], et qu'il lui était même utile de la pousser jusqu'à la transpiration. Pendant l'hiver dont nous nous occupons, il

[1] Lettre du 21 août 1763. *V.* aussi deux lettres du 1er août et une du 28 janvier 1764.

[2] Lettre du 15 décembre 1763. — [3] Lettre du 25 mars 1764.

[4] Lettre à mylord Marechal, avril 1764.

[5] Lettres du 22 décembre 1763, et du 26 août 1764.

[6] Lettre du 2 octobre 1763.

écrivait : « Mon triste état, qui empire toujours en cette saison, me réduit journellement à porter une sonde plusieurs heures ; il faut ensuite que je fasse un exercice d'une heure ou deux pour me faire suer ; et, quand je passe un jour sans employer ce remède, je paye cruellement cette négligence durant la nuit. » Et ailleurs : « Je ne puis me procurer des nuits supportables qu'en fendant du bois tout le jour, malgré ma foiblesse, pour me maintenir dans une transpiration continuelle dont la moindre suppression me fait cruellement souffrir[1]. »

Malheureusement, pendant l'hiver de 1764 à 1765, il ne put plus se livrer à la promenade : pendant huit mois il ne sortit pas de sa chambre[2], et c'est au commencement de l'hiver suivant qu'il fut obligé de fuir précipitamment la Suisse pour se rendre en Angleterre, après avoir traversé la France, où, dit-il, « les fréquents dîners en ville, la fréquentation des femmes et des gens du monde, à qui je m'étois livré d'abord en retour de leur bienveillance, m'imposoient une gêne qui a tellement pris sur ma santé qu'il a fallu tout rompre et devenir ours par nécessité. » Aussi en résulta-t-il une rétention qui le tourmenta « cruellement[3]. »

C'est à son expulsion de Suisse que s'arrêtent les *Confessions* de J.-J., et, comme je n'ai rien trouvé dans sa *Correspondance* qui indique l'influence de son séjour en Angleterre sur sa maladie, je penche à croire

[1] Lettres des 25 décembre 1763 et 28 janvier 1764. — [2] Lettre du 27 avril 1765. — [3] Lettres des 25 et 30 novembre 1765.

que la tranquillité qu'il goûta pendant quelque temps dans sa retraite de Wooton lui fut favorable, et que cet état se prolongea au milieu des nouvelles tourmentes qui le ramenèrent en France et le fixèrent à Bourgoin, dans le Dauphiné. Je trouve même, dans une lettre écrite de ce pays et portant la date du 28 novembre 1768, cette phrase remarquable, surtout à cause de la saison : « J'ai été très-bien pendant une dizaine de jours; j'étois gai, j'avois bon appétit. » Mais au bout d'un mois la scène avait bien changé. « Ma situation, écrit-il, devient, à tous égards, plus critique de jour en jour, et l'air marécageux et l'eau de Bourgoin m'ont fait contracter depuis quelque temps une maladie singulière, dont, de manière ou d'autre, il faut tâcher de me délivrer : c'est un gonflement d'estomac très-considérable et sensible même au dehors, qui m'oppresse, m'étouffe et me gêne au point de ne pouvoir plus me baisser, et il faut que ma pauvre femme ait la peine de me mettre mes souliers, etc. Je croyois d'abord d'engraisser, mais la graisse n'étouffe pas; je n'engraisse que de l'estomac, et le reste est tout aussi maigre qu'à l'ordinaire. Cette incommodité, qui croît à vue d'œil, me détermine à tâcher de sortir de ce mauvais pays le plus tôt qu'il me sera possible[1]. » Le changement et l'habitation sur un lieu élevé, à Monquin, amenèrent effectivement une amélioration; mais le ventre ne désenfla que lentement[2].

[1] Lettres des 30 décembre 1768, 3, 12, 16 et 18 janvier 1769.

[2] Lettres des 28 février, 17 et 23 mars 1769.

A partir de cette époque la correspondance de J.-J. devient de plus en plus rare et les renseignements sur sa santé presque nuls. Il y a cependant tout lieu de croire qu'elle alla déclinant d'une manière continue. Dans quelques lettres il se plaint d'une sciatique qui le faisait beaucoup souffrir. En novembre 1770 il était rentré à Paris, et Dusaulx lui écrivait : « Vous souffrez, mon cher Rousseau, vous dépérissez [1]. » Il dit lui-même dans une lettre du 3 février 1778 : « Vous rallumez un lumignon presque éteint, mais il n'y a pas d'huile à la lampe, et le moindre air de vent peut l'éteindre sans retour... En ce moment je suis demi perclus de rhumatismes... ; vieux, infirme, je sens à chaque instant le découragement qui me gagne. »

Malgré tout, il ne parle pas de sa dysurie. Il faut donc croire qu'il a été réellement moins tourmenté par les urines dans les derniers temps de sa vie, à en juger par ce silence même, par ce qu'il a dit des suites de l'examen du frère Côme, et surtout par ce qu'a écrit sur ce sujet, après sa mort, Le Bègue de Presle, son intime ami, que « les douleurs dans la région de la vessie et les difficultés d'uriner, que M. Rousseau a éprouvées en différents temps de la *première moitié de sa vie*... se sont *dissipées* en même temps que le corps s'est affaibli et a maigri en vieillissant [2]. » Je crois néanmoins qu'il y a un peu d'exa-

[1] *Mes rapports avec J.-J. Rousseau*, p. 59.

[2] *Relation des derniers jours de J.-J. Rousseau*, avec additions par J.-H. DE MAGELLAN, p. 18; Londres, 1778. »

gération dans les expressions de Le Bègue. Ainsi nous trouvons encore dans une lettre du 2 avril 1771 : « Mes incommodités *ordinaires* m'ont retenu chez moi une partie de l'hiver, sans pourtant m'avoir trop maltraité. »

Quelques mots que nous rencontrerons plus loin peuvent faire supposer que ses souffrances de vessie ne reparaissaient plus que dans certaines circonstances, à la suite, par exemple, d'un long voyage dans une voiture rude.

C'est le 2 juillet 1778, à l'âge de soixante-six ans, que mourut J.-J. Rousseau. Il s'était levé de bonne heure, avait fait une promenade avant le déjeuner, selon sa coutume, et pris une tasse de café au lait avec sa femme et sa servante. « Il se préparoit à sortir lorsqu'il commença à se sentir dans un état de malaise, de foiblesse et de souffrance générale. Il se plaignit successivement de picotement très-incommode à la plante des pieds ; d'une sensation de froid le long de l'épine du dos, comme s'il y couloit un fluide glacé; de quelques douleurs dans la poitrine, et surtout, pendant la dernière heure de sa vie, de douleurs de tête d'une violence extrême qui se faisoient sentir par accès. Il les exprimoit en portant les deux mains à la tête et disant qu'il sembloit qu'on lui déchiroit le crâne. Ce fut dans un de ces accès que sa vie se termina, et il tomba de son siége par terre (il rendait un remède). On le releva à l'instant, mais il étoit mort; car les chirurgiens, qu'on n'avoit pu avoir plus tôt, employèrent sans succès la saignée, l'alkali volatil, les vésicatoires, etc. [1]. »

Deux chirurgiens, Chenu et Bouvet, sans doute les mêmes qui avaient été appelés au moment de la mort, requis par le lieutenant du bailliage d'Ermenonville, affirmèrent sous serment, « après visite du corps et l'avoir vu et examiné dans toutes ses parties... que ledit sieur Rousseau est mort d'une apoplexie séreuse [2]. »

Voici d'ailleurs un extrait du procès-verbal de trois chirurgiens et de deux médecins qui ont pris part à l'autopsie, faite en présence de cinq autres personnes.

« L'examen des parties externes du corps nous a fait voir un bandage qui indiquait que M. Rousseau avait deux hernies inguinales peu considérables. Tout le reste du corps ne présentait rien contre nature, ni taches, ni boutons, ni dartres, ni blessure, si ce n'est une légère déchirure au front occasionnée par la chute du défunt sur le carreau de sa chambre, au moment où il fut frappé de mort.

« L'ouverture de la poitrine nous a fait voir les parties internes très-saines. Le volume, la consistance et la couleur tant de la surface que de l'intérieur étaient très-naturels.

« En procédant à l'examen des parties internes

[1] *Relation* de Le Bègue, p. 13. — On trouve des détails analogues, donnés par un témoin oculaire, dans une brochure intitulée : *Lettres à Sophie*, par M*** (Le Normant) avocat; Paris, 1813.

[2] *Lettre de Stanislas Girardin à Musset-Pathay*; 1824.

du bas-ventre, nous avons cherché avec attention à découvrir la cause des douleurs de reins et difficultés d'uriner qu'on nous a dit que M. Rousseau avait éprouvées en différents temps de sa vie, et qui se renouvelaient quelquefois lorsqu'il était longtemps dans une voiture rude; mais nous n'avons pu trouver ni dans les reins, ni dans la vessie, les uretères et l'urètre, non plus que dans les organes et canaux séminaux, aucune partie, aucun point qui fût maladif ou contre nature. Le volume, la capacité, la consistance, la couleur de toutes les parties internes du bas-ventre étaient parfaitement saines et n'avaient point la mauvaise odeur qu'elles exhalent d'ordinaire, dans un temps aussi chaud, au bout de plus de trente heures de mort...

« L'ouverture de la tête et l'examen des parties renfermées dans le crâne nous a fait voir une quantité très-considérable (plus de 8 onces) de sérosité épanchée entre la substance du cerveau et les membranes qui la recouvrent [1]. »

III

La soudaineté de cette mort, la blessure que Rousseau s'était faite au front en tombant, la singularité de son caractère donnèrent lieu à des bruits sinistres, et quelques personnes affirmèrent, les unes

[1] *Lettre de Stanislas de Girardin*, p. 24.

qu'il s'était tiré un coup de pistolet [1], les autres qu'il s'était empoisonné [2], d'autres enfin qu'il avait employé les deux moyens [3]. Ses ennemis, surtout ceux qui avaient à craindre la publication de ses *Confessions*, et qui avaient, par cela même, intérêt à flétrir sa mémoire, donnèrent à ces bruits tout le retentissement possible.

J'ai dit précédemment que les affections des voies urinaires amènent fréquemment le suicide, et Rousseau était certainement dominé par ses souffrances lorsqu'il écrivait : « De violentes douleurs du corps, quand elles sont incurables, peuvent autoriser un homme à disposer de lui ; car, toutes ses facultés étant aliénées par la douleur et le mal étant sans remède, il n'a plus l'usage ni de sa volonté ni de sa raison ; il cesse d'être homme avant de mourir, et ne fait, en s'ôtant la vie, qu'achever de quitter un corps qui l'embarrasse et où son âme n'est déjà plus [4]. » On sait que l'ouvrage où se trouve cette sentence fut écrit au plus fort de son amour pour madame d'Houdetot et qu'il souffrait alors cruellement. On le voit d'ailleurs par quelques-unes de ses lettres ; mais il ajoute : « J'ignore encore quel parti je prendrai ; si j'en prends un, ce sera le plus tard possi-

[1] CORANCEZ : *De J.-J. Rousseau*. Journ. de Paris de l'an VI, et broch. à part, p. 59.

[2] Mme DE STAEL : *Lettre sur les ouvrages et le caractère de J.-J. Rousseau*, p. 108 ; 1789.

[3] MUSSET-PATHAY : *Histoire de Rousseau*, tome I, p. 281 ; 1822.

[4] *La Nouvelle Héloïse*, partie III, lettre XXII.

ble[1]. » Celui qui a produit cette admirable réfutation de Voltaire où la Providence se trouve si bien justifiée et qui a dit : « De quelques maux que soit semée la vie humaine, elle n'est pas, à tout prendre, un mauvais présent[2] ; » celui qui écrivait : « Je connois l'indigence et son poids aussi bien que vous, tout au moins ; mais jamais elle n'a suffi seule pour déterminer un homme de bon sens à s'ôter la vie ; car, enfin, le pis qu'il puisse arriver, c'est de mourir de faim, et l'on ne gagne pas grand chose à se tuer pour éviter la mort[3] ; » celui-là, dis-je, ne pouvait se tuer à la légère. Aussi, du moment que la souffrance lui laissait quelque relâche, du moment que son âme chassée par elle reprenait possession de son corps, il disait : « Je ne m'en irai pas plus tôt qu'il ne plaît à la nature... Nous laisserons disposer de nous à la nature et à son Auteur[4]. » « Vous connoissez trop mes vrais sentiments pour craindre qu'à quelque degré que mes malheurs puissent aller, je sois homme à disposer jamais de ma vie avant le temps que la nature ou les hommes auront marqué. Si quelque accident doit terminer ma carrière, soyez sûre, quoi qu'on puisse dire, que ma volonté n'y aura pas eu la moindre part[5]. »

En un mot il n'admettait qu'un cas, l'égarement produit par la souffrance, et ses paroles elles-mêmes n'étaient que le cri de la douleur ; mais nous avons

[1] Lettre du 23 décembre 1761, et deux du 1er août 1763.

[2] Lettre du 18 août 1756. — [3] Lettre du 24 novembre 1770.

[4] Lettres des 26 août et 22 septembre 1764. — [5] Lettre du 12 août 1769.

vu que son mal ne l'opprimait plus autant quand la mort l'a frappé, et il est à remarquer que pas un de ceux qui admettent le suicide ne cite ses souffrances parmi les causes auxquelles ils attribuent cette fatale détermination. Si donc la seule cause admise par Rousseau n'existait plus, est-il étonnant, avec l'estime qu'il faisait de la vie, qu'il « ne fût plus depuis longtemps dans ses principes de rien faire pour avancer la fin de ses jours[1]? »

Ainsi s'explique une contradiction et l'un des paradoxes qu'on lui a le plus reprochés.

Mais, dit Corancez, « le trou qu'il avait au front était si profond que M. Houdon m'a dit, à moi, avoir été embarrassé pour en remplir le vide[2]. » Je répondrai que, pour trouver dans ces paroles la preuve que Rousseau s'est tué d'un coup de pistolet, il faut ne pas savoir qu'une plaie faite à bout portant par cette arme a une physionomie tout à fait caractéristique, que sa forme, son étroitesse et la coloration de ses bords ne peuvent laisser d'incertitude. Houdon a d'ailleurs publié une letttre où il renie les paroles qu'on lui a prêtées[3]. Il est vrai que Musset-Pathay, qui veut, bon gré malgré, que Rousseau se soit suicidé, prend assez facilement son parti de ce démenti. « Celui qu'on fait parler dans cette lettre, dit-il, survit à son beau génie, et l'on sait

[1] Le Bègue de Presle, *loc. cit.*, p. 14.
[2] Voy. *Histoire de Rousseau*, par Musset-Pathay, tome I, p. 278.
[3] *Append. aux Conf.*, dans l'édit. Lefèvre.

que depuis longtemps il a entièrement perdu la mémoire [1]. »

Il semblerait impossible de répondre à un pareil système d'accusation; néanmoins le docteur Morin l'a combattu, et, ce me semble, victorieusement, par l'examen qu'il a fait du plâtre de Houdon et d'une lithographie de ce plâtre [2]. Il a en outre étudié en médecin très-instruit cette question de la mort de J.-J., et il a réfuté par des faits péremptoires et ceux qui ont prétendu qu'il s'était empoisonné, et ceux qui soutiennent qu'une apoplexie séreuse ne l'aurait pas tué si promptement. Oui, Rousseau est mort d'une affection des membranes du cerveau : outre toutes les causes d'excitation sous l'influence desquelles il était depuis longtemps, il en est une très-fréquente et à laquelle on ne me paraît pas avoir fait suffisamment attention. « Il allait, dit Bernardin de Saint-Pierre, herboriser dans les campagnes, le chapeau sous le bras, en plein soleil, même dans la canicule. Il prétendait que l'action du soleil lui faisait du bien... Cependant j'attribue à ces promenades brûlantes une maladie qu'il éprouva dans l'été de 1777. C'était une révolution de bile, avec des vomissements et des crispations de nerfs si violentes qu'il m'avoua n'avoir jamais tant souffert. Sa dernière maladie, arrivée l'année suivante, dans la même saison, à la suite des mêmes exercices, pourrait bien avoir eu la même

[1] *Œuvres de J.-J. Rousseau*, édit. Armand-Aubrée, tome XII, p. 405.

[2] *Essai sur la vie et le caractère de J.-J. Rousseau*, p. 424; Paris, 1851.

cause [1]. » Rappelons encore qu'il était perclus de rhumatismes, et que cette diathèse exerce particulièrement son action sur les membranes séreuses, sur celle du cerveau presque autant que sur celles des articulations, des poumons et du cœur.

IV

Le Bègue de Presle, Bruslé de Villeron, Casterès, Chenu et Bouvet, qui firent l'autopsie, ont émis dans leur procès-verbal l'opinion que J.-J. avait été affecté « d'un état spasmodique des parties voisines du col de la vessie, ou du col même, ou d'une augmentation de volume de la prostate, maux qui se sont dissipés en même temps que le corps se sera affaibli et maigri en vieillissant. » Sœmmering croit qu'il n'avait qu'un spasme de l'urètre [2]. Amussat suppose qu'il existait dans le canal un rétrécissement produit par le gonflement inflammatoire de la membrane muqueuse[3]. Je vais dire ce qu'à mon avis ces opinions offrent de vrai et ce qu'elles ont de vague et d'incomplet.

Rousseau se tait sur l'origine de son mal; en ayant souffert si jeune, il l'attribue à un vice naturel de conformation; mais ce qui fait nécessairement

1 *Essai sur J.-J. Rousseau*, p. 61.

2 *Maladies de la vessie et de l'urètre chez les vieillards*, trad. franç., p. 171.

3 *Gazette médicale de Paris*, du 13 février 1836.

douter de la justesse de cette supposition, c'est la rémission qu'il a éprouvée à différentes époques de sa vie. Admettons, au contraire, une inflammation chronique du canal, et l'on reconnaîtra que, « pur de toute jouissance jusqu'à l'âge où les tempéraments les plus froids et les plus tardifs se développent [1], n'ayant connu qu'à vingt ans ce dangereux supplément qui trompe la nature [2], » on concevra, dis-je, que Rousseau ait vu l'état de ses premières années s'amender : à l'âge dont nous parlons, « il se portait bien [3]. » Mais, du moment qu'il travailla, comme il le dit lui-même, à détruire sa bonne constitution [4] ; que, « altéré de la soif des femmes, » il eut commencé à apaiser ses ardeurs [5], tout son être ne dut-il pas d'autant plus s'ébranler que « les besoins de l'amour le dévoroient au sein de la jouissance? » Aussi des palpitations survinrent, des crachements de sang, de la fièvre. « Mes passions m'ont fait vivre, s'écrie-t-il, et mes passions m'ont tué [6]. »

A l'époque où il éprouva ce premier ressentiment de son infirmité, qui, d'ailleurs, ne s'était jamais complétement dissipée, ainsi que le témoignent « ses envies fréquentes d'uriner, » il n'avait pas perdu « la funeste habitude de donner le change à ses besoins [7], » et le séjour de Venise, certaines historiettes qu'il raconte, jointes à son extrême timidité, ne durent certainement pas l'en guérir. Plus tard, l'état sédentaire exigé par le maussade travail que lui avait confié

[1] *Conf.*, livre I. — [2] *Ibid.*, livre III. — [3] *Ibid.*, livre IV. — [4] *Ibid.*, livre III. — [5] *Ibid.*, livre V. — [6] *Ibid.* — [7] *Ibid.*, livre VII.

Francueil, et dont il se plaint, ne pouvait en effet qu'exaspérer son mal [1]. Il en fut de même de la société, plus que dissipée, des gens de lettres et des femmes du grand monde qu'il fréquentait, de son isolement à l'Ermitage, et surtout de son malheureux amour pour madame d'Houdetot. Qu'on lise les lettres qu'il lui écrit, [2] et qu'on dise s'il pouvait en être autrement « avec des sens si combustibles, avec un cœur tout pétri d'amour, » lui qui, « dévoré du besoin d'aimer, se voyoit atteindre aux portes de la vieillesse sans l'avoir bien pu satisfaire [3] ! » Nous trouvons, en un mot, en parcourant les diverses phases de sa vie agitée, que les accidents ont reparu à une époque où tout venait mettre en jeu l'irritabilité des organes sexuels; aussi, dès lors, et pendant tout le temps de sa virilité, furent-ils presque sans relâche [4].

Comme Rousseau a été atteint de sa maladie dès sa plus tendre enfance, mon opinion surprendra sans doute beaucoup ceux qui ne voient toujours, dans les inflammations de l'urètre, que les fruits d'une vie licencieuse; mais je crois avoir démontré que c'est une erreur profonde, et qu'à tout âge, notamment chez les enfants, une foule de causes, et particulièrement certaines altérations de l'urine qui se manifestent dans les affections fébriles, pendant le travail de la dentition, etc., déterminent des

[1] *Conf.*, livre VIII.
[2] Surtout celle de juin 1757.
[3] *Conf.* l. IX. — [4] Voir les *Mémoires de Madame d'Épinay*, édition de L. Enault, p. 233, 321 et 373.

inflammations des voies qu'elles parcourent [1]. Quoi! cet âge nous offre à chaque instant des inflammations des muqueuses des yeux, des oreilles, de la gorge [2], etc., et celle de la vessie aurait le privilége de n'en être jamais atteinte! On devrait, au contraire, être étonné de son immunité habituelle, si l'on ne faisait attention que c'est vers la tête que s'établit à cet âge la prédominance morbide. Ce signe, que provoquaient chez Rousseau, à l'âge de huit ans, les corrections de mademoiselle Lambercier [3], attestent dans ses organes une irritabilité extrême, et les douleurs « incroyables » déterminées par une main aussi exercée que celle de Morand prouvent qu'ils étaient le siége d'une sensibilité exagérée.

Il n'est pas jusqu'aux plus petits détails de l'histoire de J.-J. qui ne viennent corroborer mon opinion : les mauvais effets d'aliments trop excitants [4], notamment des asperges [5], des tisanes et des bains [6]; ceux non moins fâcheux des voitures [7] et de la position

[1] Voir mes *Recherches sur les causes de l'urétrite chronique. Union médicale*, 1858. — Peut-être que, si nous connaissions la conformation extérieure qu'accuse Rousseau sans la préciser (*v*. p. 26), elle nous donnerait l'explication que nous cherchons. L'étroitesse trop grande du prépuce est une cause fréquente d'urétrite, et, dernièrement, j'ai opéré, devant le professeur Bouchardat et le docteur Bonvallet, un personnage éminent chez qui cette seule cause avait déjà développé des accidents qui menaçaient de devenir formidables.

[2] Rousseau a été lui-même très-sujet, dans sa jeunesse, aux maladies inflammatoires, aux pleurésies, et surtout aux esquinancies (*Conf.*, livre VII. — *Corresp.*, lettres du 16 novembre 1761 et du 16 juin 1765).

[3] *Conf.*, livre I. — Suivant Musset-Pathay, il avait alors dix ans.

[4] Lettre du 20 août 1764. — [5] Bernardin de Saint-Pierre, *loc. cit.*, p. 65.

[6] V. p. 28. [7] Lettre du 19 octobre 1757.

assise[1] ; la funeste influence de l'hiver [2] et des fortes chaleurs [3], tout concorde avec ce que j'ai observé moi-même chez un très-grand nombre de malades.

J'ai fait remarquer, il y a déjà longtemps [4], que, dans les inflammations chroniques de l'urètre, l'acte vénérien n'a pas toujours les mêmes conséquences: il devient utile s'il n'est que la satisfaction d'un besoin réel; il est au contraire nuisible quand il n'est que l'aberration d'une imagination déréglée. Dans le premier cas, c'est une crise qui calme un état d'excitation; dans le second, c'est un travail qui trouble un état de calme, sinon de torpeur. Il paraît que Rousseau n'en éprouva pas les mêmes effets dans tous les temps : il s'en trouvait bien dans sa jeunesse : du moins on doit le penser d'après les bons résultats du régime qu'il suivit avec madame de Larnage [5] ; tandis que plus tard, vers l'âge de quarante-six à quarante-sept ans, il fut obligé d'y renoncer [6]. Rappelons-nous aussi que le vice équivalent lui semblait moins contraire : c'est encore ce dont plusieurs malades m'ont fait confidence. Peut-être cette différence tient-elle à ce que ces deux actes n'exigent pas, de la part des organes, un égal degré d'excitation.

En général, il m'a semblé que, lorsque la maladie

[1] Lettre du 2 mai 1765. — [2] *Conf.* et un très-grand nombre de lettres.

[3] *Conf.* — Lettres de l'été de 1757, de juin 1761, du 17 juin 1763, etc.

[4] *Recherches sur les valvules du col de la vessie*, p. 118; 1844.

[5] *Conf.*, livre VI.

[6] Lettre du 22 juin 1761. — Il paraît, d'après les *Conf.*, livre XII, que cette résolution fut assez mal tenue pendant dix ans, et qu'elle faillit jeter le trouble dans son ménage. *V.* sa lettre à sa femme, du 12 août 1769.

est tout à fait à l'état chronique, c'est moins la crise de l'éjaculation qui devient nuisible que l'éréthisme prolongé que provoque le désir; aussi, lorsque j'ai affaire à des malades vigoureux et tourmentés par des besoins trop vifs, je crois préférable de faire de temps à autre quelque concession régulière à leurs sens que d'entretenir en eux, par une continence trop sévère, un malaise incessant; seulement je leur recommande de consulter beaucoup plus leurs besoins que leur imagination, et de n'oublier, *en aucun temps*, que c'est aux premiers seulement qu'ils ont à satisfaire. On me comprend, et de plus amples explications seraient inutiles.

V

Lallemand, avec la puissance d'induction qui le caractérise, s'est longuement efforcé de prouver que Rousseau était affecté de pertes séminales involontaires [1], et il s'appuie sur quelques extraits de

[1] *Des Pertes séminales involontaires*, tome II, p. 263. — Je ne puis résister au besoin de rendre un témoignage de respect et de reconnaissance à la mémoire de cet homme de génie. Je ne le connaissais que par ses œuvres; lui, de son côté, ne me connaissait nullement, lorsque, chargé de faire à l'Académie des Sciences un rapport au sujet de mes *Recherches sur les valvules du col de la vessie*, ouvrage dans lequel j'attaquais plusieurs de ses opinions, il vint lui-même me trouver pour me demander des preuves, et, du moment que je les lui eus fournies, il embrassa ma cause avec autant d'ardeur et de persévérance qu'en mirent à me combattre quelques-uns de mes maîtres, ceux sous les yeux de qui j'avais recueilli les faits qui servaient de base à mes démonstrations.

ses *Confessions* dont je vais citer les principaux.

Voici d'abord celui dans lequel il décrit son avénement à la puberté : « J'avois senti le progrès des ans; mon tempérament inquiet s'étoit enfin déclaré, et sa première éruption, *très-involontaire*, m'avoit donné sur ma santé des alarmes qui peignent mieux que toute autre chose l'innocence dans laquelle j'avois vécu jusqu'alors. Bientôt rassuré, j'appris ce dangereux supplément qui trompe la nature et sauve aux jeunes gens de mon humeur beaucoup de désordres, *aux dépens de leur santé*, de leur *vigueur* et quelquefois de leur *vie*. Ce vice, que la honte et la timidité trouvent si commode, a de plus un grand attrait pour les *imaginations vives :* c'est de disposer, pour ainsi dire, à leur gré, de tout le sexe, et de faire servir à leurs plaisirs la beauté qui les tente sans avoir besoin d'obtenir son aveu. Séduit par ce funeste avantage, je travaillois à détruire la bonne constitution qu'avoit rétablie en moi la nature, à qui j'avois donné le temps de se bien former [1]. » Ce passage prouve que Rousseau s'est livré à ce qu'on désigne à tort sous le nom d'onanisme [2] et qui amène assez souvent la spermatorrhée ; mais il ne démontre pas

[1] *Conf.*, livre III.

[2] L'acte qui a valu à Onan sa triste célébrité était d'une autre nature : « Introiens ad uxorem fratris sui, semen fundebat in terram, ne liberi fratris « nomine nascerentur (*Genes.*, cap. XXXVIII, vers. 9). » Cet acte, qui est une pratique très-répandue de nos jours, même dans les unions légitimes, est presque aussi nuisible à l'homme que les abus solitaires; mais c'est surtout pour la femme qu'il a de funestes conséquences, telles que : inflammations utérines, désordres nerveux, troubles digestifs, etc., etc. Les accidents me paraissent résulter, chez elle, de ce que l'orgasme, poussé à ses dernières

qu'elle en ait été véritablement le résultat. En trouver la preuve dans la première éruption dont il parle, c'est à coup sûr forcer les conséquences. J'ajouterai même que, s'il a persisté si longtemps dans cette déplorable habitude, c'est que des pertes spontanées ne prévenaient pas le besoin de les provoquer.

Mais, dit Lallemand, « de vingt à vingt-trois ans, Rousseau conçoit de nombreuses passions, entame une foule d'aventures sans leur donner suite ; il reconduit à Fribourg la petite Merceret, couche dans la même chambre pendant toute la route, en reçoit des agaceries sans en profiter [1]. Il termine aussi gauchement plusieurs autres intrigues. Enfin madame de Warens, dont il est épris, et avec laquelle il vivait dans la plus grande intimité depuis plusieurs années, se détermine, *pour le soustraire aux dangers de son âge*, à lui accorder ses faveurs, et l'en prévient huit jours à l'avance. On croira que ces huit jours lui durèrent un siècle ; tout au contraire, il s'accuse d'avoir senti, au lieu des délices qui devaient l'enivrer, presque de la *répugnance* et des *craintes* [2] » Ici Lallemand me semble oublier que Rousseau était jeune et naturellement très-timide ; que madame de Warens était de douze ans plus âgée que lui ; que les dangers auxquels elle le voulait soustraire n'étaient autres que les occasions et les tentations auxquelles

limites, reçoit rarement une satisfaction complète, et, chez l'homme, de ce que, dans son désir de donner cette satisfaction sans courir les risques qu'Onan redoutait, il refuse trop longtemps à ses propres organes la détente normale.

[1] *Conf*, livre IV. — [2] *Ibid.*, livre V.

l'exposait, à cette époque, son état de professeur de musique; qu'il n'avait eu pour elle jusqu'alors que des sentiments de respect; qu'il la regardait comme sa mère et lui en donnait le nom. En fallait-il davantage pour provoquer dans cette âme novice les sentiments qu'il exprime? Était-il si rare autrefois, dans nos campagnes, de voir de jeunes mariés, qui, certes, n'avaient pas de pertes morbides, ne pouvoir de si tôt consommer l'acte du mariage? et même aujourd'hui une femme enivre-t-elle de délices l'homme dans les bras duquel elle se jette comme l'a fait madame de Warens? Non; quand Rousseau dit: « Je goûtai le plaisir, » il fait preuve d'un certain degré de virilité, puisque, malgré sa *répugnance*, madame de Warens en eut pour ses frais; mais quand il ajoute: « Je ne sais quelle *invincible tristesse* en empoisonnoit le charme, » il n'exprime que ce que tout jeune homme imbu de sentiments honnêtes aurait éprouvé en pareil cas.

Quant à la maladie de langueur qu'il fit peu de temps après, quant à sa faiblesse, ses palpitations, ses essoufflements au moindre exercice, ses vertiges, et la perturbation générale qui s'opéra dans sa santé, les abus qu'il a pu commettre suffisent à les expliquer; c'est alors qu'il dit: « Les besoins de l'amour me dévoroient au sein de la jouissance. J'avois... une amie chérie, mais il me falloit une maîtresse; je me la créois de mille façons pour me donner le change à moi-même... » Avec ce que nous savons déjà de ses faiblesses, ne peut-on pas supposer qu'il lui arrivait souvent aussi de donner le change à ses organes? Ajoutons encore une passion fougueuse pour la musique et le jeu d'échecs, passion qui lui faisait passer très-souvent des nuits entières à copier et à jouer tout seul. « On conviendra, dit-il lui-même, qu'il est difficile, et surtout dans l'ardeur de la jeunesse, qu'une pareille tête laisse le corps en santé.» Enfin, une remarque qui n'est peut-être pas sans importance ici, c'est que, à fréquence égale, l'acte sexuel fatigue d'autant plus qu'on éprouve moins d'entraînement pour la personne qui le partage. Or, Rousseau l'a répété bien des fois, il n'a jamais eu d'amour pour madame de Warens.

Sa mésaventure à Venise, avec cette Zulietta dont il fait le portrait le plus séduisant et dont le souvenir l'a poursuivi jusque dans ses derniers jours, serait peut-être plus caractéristique. « A peine eus-je connu dans les premières familiarités le prix de ses charmes et de ses caresses que, *de peur d'en perdre le fruit d'avance*, je voulus me hâter de le cueillir. » Il se sentait donc en bonne disposition. « Tout à coup, au lieu des flammes qui me dévoroient, je sens un froid mortel couler dans mes veines ; les jambes me flageolent, et, prêt à me trouver mal, je m'assieds et je pleure comme un enfant [1]. » Et cependant, si le fruit n'a pas été cueilli, rien n'indique qu'il se soit détaché de la tige. Il me semble même que, si cela eût été, Rousseau, au lieu de s'en prendre à des ré-

[1] *Conf.*, livre VII.

flexions philosophiques, au désenchantement, etc., aurait plutôt accusé l'effervescence de sa nature, comme nous l'avons vu dans ses visites à madame d'Houdetot. L'homme se fait si volontiers illusion sur ce chapitre! Eh bien! c'est tout le contraire. « Non, s'écrie-t-il tristement, la nature ne m'a point fait pour jouir. »

La narration de ses visites à madame d'Houdetot est précisément encore donnée par Lallemand à l'appui de son opinion; il insiste surtout sur ce *danger*, sur ces *accidents* qu'il redoutait et qu'il n'avait jamais pu éviter lorsqu'il faisait *seul* le trajet. J'avoue que cette preuve me semble un peu plus démonstrative, et encore je me demande si Rousseau n'exprimait pas seulement ainsi l'impossibilité où il se trouvait de résister au besoin de tempérer l'ardeur de ses sens.

C'est alors qu'il néglige Thérèse et se condamne à la continence : autre preuve pour Lallemand. Mais, consumé d'une passion si violente, pouvait-il en être autrement à l'égard d'une femme pour laquelle il n'en avait jamais ressenti? Et, de plus, n'avons-nous pas vu que son inflammation avait redoublé d'intensité et que les rapports sexuels aggravaient son état, sans compter la crainte qu'il exprime d'avoir des enfants, crainte, à la vérité, bien tardive?

L'inflammation chronique de l'urètre exerce sur les organes génitaux l'influence la plus capricieuse : tantôt elle les exalte au suprême degré; tantôt elle les jette dans une torpeur complète, sans qu'on puisse préciser toujours la cause de ces différences, qui dépendent habituellement et du progrès de la maladie et du tempérament du malade. Je crois que voici ce qu'on peut dire de plus général : c'est que, tant que l'urétrite reste bornée au canal, elle n'agit sur l'appareil sexuel que comme stimulant, de même qu'une excitation de la muqueuse buccale stimule les glandes salivaires ; tandis que, si l'inflammation s'enfonce dans les voies séminales, elle altère leurs sécrétions, dont elle augmente d'abord la quantité, en même temps qu'elle leur fait perdre de leur consistance et de leurs autres propriétés. J'ai même parfois remarqué que les animalcules rares et chétifs qu'elles contiennent sont complétement dépourvus de mouvement lorsqu'ils arrivent au dehors, qu'ils peuvent à la fin manquer complétement, et le produit excrété ne plus offrir au microscope d'autres caractères que ceux du muco-pus ou du pus.

Inutile de dire que, abstraction faite de l'irritabilité nerveuse des malades, les désordres doivent être différents dans ces diverses conditions.

Dans la première, le sens génital, constamment agacé, est constamment prêt à entrer en action, et de là une énergie factice qui peut aller jusqu'au priapisme et au satyriasis ; mais, sans parvenir à ce degré, voici ce qui arrive souvent.

On sait que rien n'est plus aveugle et ne se trompe plus facilement que l'instinct qui préside au jeu des organes sexuels, quand il n'est pas sous l'empire de la raison ; c'est véritablement la partie la plus brutale de notre être, c'est la *bête* de X. de Maistre dans toute la force du terme. Aussi, du moment que, pendant le sommeil, la raison s'endort, la moindre sensation, un frottement insolite, une position particulière, la réplétion de la vessie, un rien fait que ce sens s'éveille, que l'érection survient et souvent même la pollution : trop heureux encore quand l'illusion a besoin d'atteindre jusqu'au rêve pour parvenir à cet entier accomplissement.

Eh bien ! qu'on se figure ce qui doit arriver quand un malade est sous l'influence habituelle des cuissons, des démangeaisons, de l'ardeur ou des autres sensations quelquefois indéfinissables qui sont l'accompagnement, non pas constant, mais assez fréquent, des urétrites chroniques, et qu'aggrave encore la chaleur du lit. Il en est qui peuvent à peine fermer les yeux sans que l'érection survienne, et souvent avec ses conséquences. J'en ai vu que cet état préoccupait si cruellement qu'ils se réveillaient aussitôt, et ne pouvaient, par cela même, goûter dix minutes de sommeil continu. Souvent, alors, les organes fatigués, épuisés, ne peuvent plus entrer en exercice dans les conditions normales.

La situation est pire encore quand les voies séminales sont le siége d'une inflammation chronique. A la moindre idée lascive les vésicules se contractent, et l'expulsion de leur contenu est favorisée par son abondance et sa trop grande fluidité. Parfois même les vésicules n'ont pas besoin d'agir, et les moindres efforts, surtout ceux qui ont pour but de vider le rectum ou de chasser les dernières gouttes d'urine, suffisent pour en exprimer le contenu. Par ce fait même, et parce qu'un sperme mal élaboré et pauvre en principes fécondants n'exerce pas une stimulation suffisante, l'appareil érecteur devient plus ou moins inerte, d'où résulte l'impuissance. Ai-je besoin d'ajouter que, quand les testicules sont malades, leurs conduits excréteurs oblitérés, leur produit complétement dénaturé, la stérilité en est la conséquence nécessaire ?

Dans toutes ces conditions, la constitution s'altère ; mais c'est dans les dernières surtout que l'intelligence et le corps dépérissent rapidement.

Qu'on soutienne maintenant que Rousseau était atteint d'une irritation de la première espèce, je n'y vois rien d'impossible : on expliquerait peut-être ainsi l'excessive sensibilité qui s'est manifestée dans ses organes dès ses plus tendres années ; on se rendrait peut-être même compte de la persistance de ses mauvaises habitudes et de cette disposition érotique de son esprit qui l'a dominé dans beaucoup de circonstances de sa vie et qui lui a inspiré des pages si brûlantes ; mais il me répugne d'admettre, avec Lallemand, que celui dont le cerveau a remué si profondément les idées et posé les bases de nos constitutions modernes, dont le cœur a produit l'un des livres les plus passionnés qui soient sortis de la main des hommes, ait été en proie, et précisément à cette époque plus qu'à toute autre, à des pertes diurnes, les plus graves de toutes et les plus débilitantes. La plupart des phénomènes que Lallemand attribue à une spermatorrhée supposée, tels que « ses promenades solitaires, sa vie ambulante, sa misanthropie et ses étranges paradoxes contre la civilisation, » je montrerai qu'ils s'expliquent tout aussi bien, et même mieux, par la dysurie, qu'on ne peut révoquer en doute.

Je ferai d'ailleurs remarquer que l'opinion de Lallemand, fût-elle incontestable, ne pourrait que venir à l'appui de la mienne, puisque les pertes séminales sont le plus souvent un effet de l'inflammation chronique de l'urètre.

VI

Mais comment cette inflammation gênait-elle le cours de l'urine?

J'ai dit, dans mes considérations préliminaires, que je n'ai jamais vu l'urétrite, même la plus vive, gonfler la muqueuse au point d'oblitérer le canal; l'opinion qui suppose ce genre d'obstacle n'est donc pas fondée. D'autre part on ne peut admettre, dans le cas de Rousseau, ni tumeurs, ni abcès, ni végétations.

Ce qu'on trouve de plus positif en parcourant son histoire, c'est que l'obstacle avait son siége dans la partie la plus profonde de l'urètre, puisque le frère

Côme expliqua par un squirre de la prostate les difficultés qu'il éprouvait à passer la sonde.

Cette circonstance, jointe aux résultats négatifs de l'autopsie, exclut l'idée de rétrécissement organique, altération excessivement rare au delà du bulbe. Elle exclut également toute contraction spasmodique de la région spongieuse, quand même la possibilité de ce trouble fonctionnel serait mieux démontrée. Elle exclut même presque autant un resserrement et une déviation de la région membraneuse déterminés par un spasme ou une contracture des muscles environnants. Les difficultés provenaient évidemment d'une déviation de l'axe du canal, et non d'une diminution de son calibre, puisqu'il ne paraît pas que la grosseur des bougies ait été jamais un obstacle à leur introduction, et que, si celles de Daran pénétraient mieux que les autres, c'est en raison de leur plus grande flexibilité.

On peut encore moins admettre la présence d'un corps étranger dans un point quelconque des voies urinaires, supposition à laquelle Rousseau lui-même s'était arrêté jusqu'à la visite du frère Côme et que les recherches les plus attentives après sa mort ont démontrée complétement fausse.

Nous sommes donc forcé, par voie d'exclusion, de nous arrêter soit à un engorgement de la prostate, soit à une valvule musculaire du col de la vessie.

Le frère Côme a diagnostiqué pendant la vie un squirre de la prostate; et ce qu'on désignait alors sous ce nom, c'est ce que nous appelons aujourd'hui engorgement ou hypertrophie de cette glande. Mais les praticiens qui ont fait l'ouverture du corps n'en ont pas trouvé, et ce n'est pas faute d'attention, puisqu'ils supposent que cette augmentation de volume a pu se dissiper avec l'âge.

J'ai démontré d'ailleurs que l'engorgement de la prostate ne cause la rétention d'urine que de trois manières : ou bien l'un des lobes latéraux de la glande s'est beaucoup plus accru que l'autre et repousse fortement le canal du côté opposé : une pareille déviation n'aurait pu être méconnue ; ou bien de son extrémité supérieure, et le plus souvent de sa portion susmontanale, une tumeur s'élève dans la vessie et peut, en s'inclinant au-dessus de l'orifice interne de l'urètre, le fermer à la manière d'une soupape : une tumeur de ce genre aurait encore moins échappé à l'examen ; ou bien, l'engorgement de cette portion susmontanale affectant uniformément chacune des granulations, il en résulte une espèce de cloison transversale ou valvule susceptible encore de fermer l'urètre par le même mécanisme. Cet état aurait fort bien pu ne pas être aperçu, à une époque surtout où les différences entre l'état normal et l'état pathologique n'avaient pas été aussi bien étudiées qu'aujourd'hui. J'ai publié deux observations où une semblable disposition avait échappé aux recherches attentives de deux de nos premiers anatomistes et des nombreux assistants qui suivaient leur clinique [1].

[1] *Recherches sur les maladies des organes urinaires et génitaux, etc.*; 1841.

Il se pourrait donc que Rousseau eût eu une *valvule prostatique.*

Mais l'hypertrophie de la prostate est un des tristes apanages de la vieillesse et ne se rencontre guère que chez des gens ayant passé la soixantaine, tandis que Rousseau fut tourmenté par la dysurie dès sa plus tendre enfance. Cette hypertrophie augmente presque toujours avec les années, loin de diminuer, tandis que l'affection de J.-J. sembla rétrograder d'abord et le laissa tranquille jusqu'à trente ans, *sauf de fréquents besoins d'uriner* qui me portent à croire que dès lors il ne vidait pas entièrement sa vessie, puisque plus tard le frère Côme la trouva grande. Ajoutons que, dans ses dernières années, sa maladie devint bien moins pénible.

Tout semble donc prouver que Rousseau n'avait pas un engorgement de la prostate. Il est vrai qu'en l'explorant pendant la vie le frère Côme l'a trouvée volumineuse; mais il est facile de se tromper à cet égard : si elle n'augmente pas notablement de volume sous l'influence d'une inflammation chronique, elle acquiert souvent plus de dureté, et la résistance plus grande qu'on sent à la pression en impose aisément pour une augmentation de volume. Il faut une certaine habitude pour distinguer ces nuances.

Maintenant admettons que Rousseau ait été atteint de la maladie que j'ai découverte et désignée sous le nom de *valvule musculaire*, la seule à peu près qui, avec les engorgements de la prostate, puisse causer un obstacle durable au cours de l'urine dans la partie la plus profonde de l'urètre, et voyons si tout ne s'expliquera pas avec facilité.

Ces valvules échappent plus facilement encore que les précédentes à l'attention des observateurs, car elles sont moins épaisses et n'offrent pas d'inégalités comme celles-ci en présentent fréquemment. Et puis, quand même il serait démontré que l'exagération de l'état normal qui les constitue n'est jamais congéniale, il est certain qu'elles peuvent débuter dès la plus tendre enfance, de même que l'inflammation qui en est la cause habituelle : j'en ai rencontré bon nombre d'exemples. Enfin la dysurie qu'elles produisent varie d'intensité suivant que l'inflammation s'accroît ou diminue et qu'elle ajoute plus ou moins à la contracture musculaire qui en est l'origine. Aussi, quoiqu'il soit rare qu'après une certaine durée elles disparaissent sans l'intervention de la chirurgie, j'ai vu cependant quelquefois la dysurie s'amoindrir spontanément, soit par la diminution de l'inflammation dont les effets spasmodiques s'ajoutaient à l'obstacle permanent[1], soit parce qu'il survenait, avec l'âge, une hypertrophie régulière des lobes latéraux de la prostate, hypertrophie qui avait pour conséquence un accroissement du diamètre antéro-postérieur de la portion correspondante du canal, tandis que la valvule restait la même. On comprend aisément que, dans les cas surtout où celle-ci n'est point assez sail-

[1] Les bougies peuvent bien affaisser un peu et momentanément l'obstacle, mais c'est surtout en faisant cesser la complication de spasme qu'elles sont utiles. Nous avons vu que Rousseau en éprouvait du soulagement, mais qu'elles ne le guérissaient pas.

lante pour causer une rétention continue, il n'est pas besoin que l'accroissement de ce diamètre soit bien grand pour amener dans la fonction une amélioration marquée.

Est-il certain d'ailleurs que la chirurgie ait été complétement étrangère au soulagement obtenu par Rousseau dans ses dernières années? Je ne le crois pas; seulement j'avoue que le chirurgien en aurait été parfaitement innocent. Rappelons-nous que J.-J. fait dater ce soulagement de l'exploration de sa vessie par le frère Côme, et que celui-ci eut beaucoup de peine à pénétrer. Ne se pourrait-il pas qu'il eût déchiré en partie la valvule? J'ai vu et publié des faits semblables; moi-même, dans des circonstances particulières que j'exposerai ailleurs, je fus amené à produire volontairement une déchirure de ce genre chez un homme qui, à l'âge de plus de quatre-vingt-cinq ans, fut pris d'une rétention complète; celle-ci, quoique déjà ancienne, cessa dès le lendemain, et ce vieillard vécut encore près de deux ans sans retour de son infirmité[1]. L'amélioration ne fut pas aussi immédiate chez Rousseau; mais songeons que le hasard seul l'a opérée, et que les conditions hygiéniques et morales du malade n'étaient pas de nature à favoriser les résultats.

Enfin il a succombé à une affection cérébrale.

[1] Il s'agit ici du père de l'un de mes confrères et amis, le Dr Lorne. Celui-ci m'a fait en outre opérer deux malades de sa clientèle, l'un qui avait également plus de quatre-vingt-cinq ans et l'autre soixante-seize ; tous deux avaient une rétention complète, et, guéris de leur rétention, ils vécurent, le premier six mois, et le second quatre ou cinq ans.

Ces sortes de maladies sont très-fréquemment l'effet de celles des organes urinaires, soit par le trouble général que ces dernières occasionnent, soit par les efforts d'expulsion qu'elles nécessitent; mais, outre d'autres causes que j'ai déjà mentionnées, J.-J. avait soixante-six ans, et nous ne devons pas oublier combien, à cet âge, le cerveau périclite déjà, surtout quand il a été aussi tourmenté que celui de notre grand et malheureux écrivain.

VII

Telle a donc été la maladie de Rousseau, maladie perpétuelle, douloureuse, mais par-dessus tout gênante et désagréable. L'influence qu'elle a exercée sur son cœur et son intelligence, Rousseau ne l'a jamais dévoilée tout entière ou peut-être ne s'en est-il pas bien rendu compte. On s'en assure en lisant ce qu'ont pensé de lui, de son caractère, de ses habitudes, ses amis et ses familiers. « On dit qu'il est d'une mauvaise santé, écrivait madame d'Épinay le lendemain de la première visite qu'il lui fit, et qu'il a des souffrances qu'il cache avec soin par je ne sais quel principe de vanité ; c'est apparemment ce qui lui donne de temps en temps l'air farouche[1]. » Lui-même ne déguise pas en termes généraux combien son imagination était fortement impressionnée par le sentiment continu de ses maux. « Un corps qui

[1] *Mémoires*, p. 125.

souffre ôte à l'esprit sa liberté, disait-il à un homme qui lui-même plus tard eut à subir de bien cruelles épreuves; désormais je ne suis plus seul, j'ai un hôte qui m'importune[1] !... » Une autre fois il écrivait à madame d'Épinay : « Tout le monde, à commencer par moi-même, m'est insupportable. Je porte dans le corps toutes les douleurs qu'on peut sentir et dans l'âme toutes les angoisses de la mort[2]. »

Rien de plus naturel qu'un pareil état l'ait éloigné du monde et surtout de la société des femmes, et son goût pour la solitude n'a pas besoin de l'explication de Lallemand; il l'a donnée lui-même : « En me refusant à une société trop nombreuse, je délivre les autres du spectacle d'un homme qui souffre et je me délivre moi-même de la gêne[3]... » et ailleurs : « Mon infirmité étoit la principale cause qui me tenoit écarté des cercles et qui m'empêchoit d'aller m'enfermer avec des femmes[4]. » Mais, chose singulière, si on lit le second de ses *Dialogues*, écrit vers la fin de sa vie et consacré presque tout entier à la justification de ses goûts pour la solitude et de sa misanthropie, à peine y trouve-t-on deux mots relatifs aux « causes naturelles tirées de sa constitution. »

En général, dans l'appréciation qu'il fait lui-même de sa manière d'agir, il est une distinction fort im-

1 Troisième lettre à M. de Malesherbes, 26 janvier 1762.

2 *Mémoires de Madame d'Épinay*, p. 318.

3 Lettre du 12 mai 1754. — Voir aussi la quatrième lettre à Malesherbes.

4 *Conf.*, livre VIII. — Voir aussi les lettres des 1er août 1764 et 25 novembre 1765.

portante à faire et dont nous venons déjà de voir un exemple. Quand il expose l'un de ses actes et les motifs qui l'y ont déterminé, il manque rarement de faire la part de sa maladie ; mais éprouve-t-il plus tard, pour une raison ou pour une autre, le besoin de se justifier : il accumule alors les raisonnements les plus singuliers, les sophismes les plus incroyables, et la véritable cause se trouve presque toujours réduite à rien, sinon complétement oubliée ; de sorte que ce qui n'était souvent que la conséquence naturelle de sa position semble aux yeux des lecteurs le résultat d'un système paradoxal. Il semble qu'il consente volontiers à faire connaître l'influence de sa maladie sur les détails de sa conduite et qu'il lui répugne d'avouer celle qu'elle a eue sur l'ensemble. Peut-être lui-même s'y est-il trompé tout le premier et a-t-il continué par système ce qu'il n'avait d'abord fait que par nécessité.

Ainsi pourquoi cette existence aventureuse et sans suite ? Pourquoi cette vie de pauvreté à laquelle il semble qu'il lui eût été si facile de se soustraire et qu'on a par cela même attribuée à des motifs d'ostentation ? Il se livre, pour l'expliquer, à une foule de considérations sur son goût pour l'indépendance, sur sa paresse, sur ce qu'il n'avait pas l'esprit assez présent pour briller dans le monde, etc., etc. ; finalement il ajoute : « J'ai cependant fait dans ma jeunesse quelques efforts pour parvenir ; mais ces efforts n'ont jamais eu pour but que la retraite et le repos de ma vieillesse ; et, comme ils n'ont été que par secousses, comme ceux d'un paresseux, ils n'ont jamais eu le moindre succès. Quand les maux sont venus, ils m'ont fourni un beau prétexte pour me livrer à ma passion dominante. Trouvant que c'étoit folie de me tourmenter pour un âge auquel je ne parviendrois pas, j'ai tout planté là [1]. » Ainsi la santé ne vient qu'en dernier lieu, mais sans doute comme le post-scriptum, qui bien souvent est la partie la plus importante de la lettre.

Pourquoi a-t-il quitté la caisse de Francueil, qui lui assurait, ce semble, un si tranquille bien-être? Il commence par nous parler de son peu de goût et de talent pour cet emploi, des soucis et de l'assujettissement qu'il lui causait; puis il disserte sur la bonne grâce qu'il aurait, lui caissier d'un receveur général des finances, à prêcher le désintéressement et la pauvreté; et c'est comme en passant qu'il ajoute que, s'étant *peut-être* un peu fatigué au travail de cette maudite caisse, il retomba plus bas qu'auparavant et demeura cinq ou six semaines au lit dans le plus triste état [2].

Quand, après une représentation du *Devin du Village,* le roi demanda à le voir dans le but de lui offrir une pension, pourquoi ne voulut-il pas se présenter? Il dit bien : « Ma première idée se porta sur un fréquent besoin de sortir qui m'avoit fait beaucoup souffrir le soir même au spectacle et qui pouvoit me tourmenter le lendemain; » mais il revient

[1] Première lettre à M. de Malesherbes.

[2] *Conf.*, livre VIII.

aussitôt sur sa timidité, sur son esprit paresseux à trouver une réponse convenable, sur le joug que lui aurait imposé cette pension, etc.

Et cet habit arménien, qu'il ne portait, au dire de ses adversaires, que pour se singulariser[1], ne fut-il pas une conséquence de sa maladie? On sait quelles étaient la forme et l'étroitesse des vêtements d'alors; or « le fréquent usage des sondes me condamnant, dit-il, à rester souvent dans ma chambre, me fit mieux sentir tous les avantages de l'habit long. La commodité d'un tailleur arménien qui venoit souvent voir un parent qu'il avoit à Montmorency me tenta d'en profiter pour prendre ce nouvel équipage [2]. » C'est en effet en 1762, au plus fort de ses maux, qu'il prit cet habit, et il paraît qu'il le quitta vers 1770, époque où il rentra à Paris et où ses souffrances s'étaient beaucoup adoucies. Rien de plus naturel; et cependant Grimm, son ancien ami, disait alors dans sa *Correspondance littéraire* qu'il avait déposé sa peau d'ours avec l'habit d'Arménien pour redevenir galant et doucereux; et plus tard encore, en 1778, il ajoutait, par surcroît de cynisme, que Rousseau avait quitté l'habit arménien parce que, « ayant surpris sa femme avec un moine, il com-

[1] GRIMM, *Gaz. litt.* pour 1766. — MARMONTEL, *Mém.*, livre VII. Il dit que Rousseau voulait se poser en chef de secte, et, « pour attirer la foule, se donner un air de philosophe antique. » — Le prince de Ligne prétend au contraire qu'il a paru en France avec ce costume pour n'être pas reconnu (*Œuvres choisies*, par de Propiac, p. 247). Le bon Georges Keith (milord Maréchal) semble avoir cru qu'il s'était fait mahométan. (*V.* Mussel-Pathay, *Hist.*, etc., 2e éd. p. 197.)

[2] *Conf.*, livre XII.

prit enfin qu'il était dans la classe commune. » Voilà comment ses ennemis interprétaient toutes ses actions! Ce qu'il y a de vrai dans tout ceci, c'est qu'il dînait assez souvent en ville, qu'il a même assisté quelquefois aux soupers de Sophie Arnould, et que, parmi les inconvénients qu'il trouve à ce régime et qui le lui ont fait abandonner, il ne dit pas un mot de sa maladie [1]. Évidemment il était mieux.

Quant à Rousseau, la question de son costume arménien est presque la seule sur laquelle il n'ait pas donné d'autre explication que la véritable, et je me demande vainement où Musset-Pathay a pu trouver qu'il ne l'avait adopté que pour mieux se séquestrer de la société et n'avoir plus à lutter contre le désir d'y rentrer [2], comme s'il fallait toujours des explications singulières pour les moindres actes de cet homme extraordinaire.

Sa santé est encore le seul motif qu'il donne de son refus de rentrer dans la diplomatie, comme M. de Choiseul le lui avait fait proposer [3].

Mais un point beaucoup plus grave, sur lequel Rousseau n'a pas failli à ses habitudes, c'est sa justification de s'être affranchi des soins de la paternité. Il y a lieu véritablement d'être stupéfait des raisons qu'il expose [4]. Mais, dans une lettre à madame de Francueil, il dit : « Ma misère et mes maux m'ôtoient le plaisir de remplir un devoir si

[1] Musset-Pathay, t. I, p. 179. — [2] *Ibid.*, p. 55.

[3] *Conf.*, livre XI.

[4] *Conf.*, livres VII, VIII et IX. — *Rêveries*, neuvième promenade.

cher... Accablé d'une maladie douloureuse et mortelle, je ne pouvois espérer une longue vie [1]. » Sans famille, loin de son pays, libre de toute contrainte comme il était, sa misère et ses maux étaient assurément les seuls motifs qu'il pût et dût avouer. Je crois pouvoir en conclure qu'ils étaient les véritables; mais alors pourquoi tant de sophismes?

On sait que, vers la fin de sa vie surtout, il ne voyait autour de lui et partout que des envieux et des ennemis. Certes il n'en manquait pas : les preuves abondent, et il n'est pas nécessaire d'avoir son génie pour en être assiégé ; mais on ne peut disconvenir que cette idée était passée dans son esprit à l'état de manie ; or lui-même le sentait. Vers l'époque où il se brisa une sonde dans l'urètre, l'impression de son *Émile* ne marchait pas ; qu'imagine-t-il alors ? que ce sont ses libraires qui le trahissent et qu'ils ont livré son manuscrit aux jésuites. Mais bientôt il reconnaît son erreur et il écrit à Moultou, son ami : « Il y a six semaines que je ne fais que des iniquités et n'imagine que des calomnies contre deux honnêtes libraires dont l'un n'a de tort que des retards involontaires, et l'autre un zèle plein de générosité et de désintéressement que j'ai payé, pour toute reconnoissance, d'une accusation de fourberie. Je ne sais quel aveuglement, quelle sombre humeur, *inspirée dans la solitude par un mal affreux*, m'a fait inventer, pour noircir ma vie et l'honneur d'au-

[1] Lettre du 20 avril 1751.

trui, ce tissu d'horreurs dont le soupçon, changé dans mon esprit prévenu presque en certitude, n'a pas été mieux déguisé à d'autres qu'à vous. Je sens pourtant que la source de cette folie ne fut jamais dans mon cœur. Le délire de la douleur m'a fait perdre la raison avant la vie [1]. » Mais, dira-t-on, quel rapport pouvait-il trouver entre sa maladie et les jésuites? Un homme en santé ne le devinerait assurément pas; mais le pauvre malade va nous le dire : « Je me figurois que, furieux du ton méprisant sur lequel j'avois parlé des colléges, ils s'étoient emparés de mon ouvrage, et que, instruits par Guérin (l'un des libraires) de mon état présent, et *prévoyant ma mort prochaine*, *dont je ne doutois plus*, ils vouloient retarder l'impression jusqu'alors, dans le dessein de tronquer, d'altérer mon ouvrage [2]. »

C'est encore ainsi qu'il explique lui-même cette extrême susceptibilité qui semble faire le fond de son caractère : « En ma qualité de solitaire, écrivait-il à madame d'Épinay, je suis plus sensible qu'un autre. Si j'ai quelque tort envers un ami qui vive dans le monde, il y songe un moment et mille distractions le lui font oublier le reste de la journée; mais rien ne me distrait sur les siens. *Privé de sommeil*, je m'en occupe durant la nuit entière; seul, à la promenade, je m'en occupe depuis que le soleil se lève jusqu'à ce qu'il se couche. Mon cœur n'a pas un instant de relâche, et les duretés d'un ami me don-

[1] Lettre du 23 décembre 1761. — [2] *Conf.*, livre XI.

nent dansun jour des années de douleurs. En qualité de malade j'ai droit aux ménagements que l'humanité doit à la foiblesse et à l'humeur d'un homme qui souffre[1]. »

On a beaucoup discuté sur la question de savoir si les opinions qu'il a soutenues dans son fameux *Discours sur les Sciences et les Arts* étaient réelles ou simulées, si elles lui étaient propres ou si elles lui avaient été suggérées par Diderot. Voici ce qu'il a écrit à ce sujet: « Après avoir passé quarante ans de ma vie mécontent de moi-même et des autres, je cherchois inutilement à rompre les liens qui m'attachoient à cette société... Tout à coup un heureux hasard vint m'éclairer sur ce que j'avois à faire pour moi-même et à penser de mes semblables... Je tombe sur la question de l'Académie de Dijon. Si jamais quelque chose a ressemblé à une inspiration subite, c'est le mouvement qui se fit en moi à cette lecture... Dans le même temps, une maladie, dont j'avois, dès l'enfance, senti les premières atteintes, s'étant déclarée absolument incurable, je jugeai que, si je voulois être conséquent et secouer une fois de dessus mes épaules le pesant joug de l'opinion, je n'avois pas un moment à perdre[2]. » Ainsi donc il prend le parti de rompre en visière avec la société parce qu'il en est mécontent; mais pourquoi en est-il mécontent? Sans doute parce qu'il s'y trouve gêné. Or quelle est la source de cette gêne, sinon sa maladie? Car, « loin

[1] *Mémoires de Madame d'Épinay*, p. 277.
[2] Deuxième lettre à Malesherbes.

d'être misanthrope, il était naturellement gai, prévenant, plein de confiance et très-communicatif[1]. » Voilà, j'en suis convaincu, la gradation qui l'a conduit aux idées qui font la base de son Discours; mais, en lisant le passage d'où j'ai tiré ces extraits, on reste incertain si lui-même s'en est bien rendu compte.

Une fois lancé dans une voie, il n'a pas l'habitude de s'arrêter à mi-chemin, surtout si les contradicteurs arrivent à la traverse. On est étonné, abasourdi, quand on entend, sans commentaire, cette triste sentence qu'il a prononcée : « L'homme qui médite est un animal dépravé. » Mais cette idée n'était elle-même qu'une suite, une défense de son premier Discours. « Le goût des lettres, de la philosophie et des beaux-arts, dit-il dans la préface de *Narcisse*, amollit les corps et les âmes. Le travail de cabinet rend les hommes délicats, affoiblit leur tempérament, et l'âme garde difficilement sa vigueur quand le corps a perdu la sienne. L'étude use la machine, épuise les esprits, détruit la force, énerve le courage, et cela seul montre qu'elle n'est pas faite pour nous. C'est ainsi qu'on devient lâche et pusillanime, incapable de résister également à la peine et aux passions... La science n'est point faite pour l'homme en général... Il est fait pour agir, penser, et non pour

[1] Corancez, *loc. cit.*, p. 21; — Dusaulx, *loc. cit.*, p. 19; — d'Escherny : *Œuvr. philos. hist.* etc. ; — Mme de Genlis, *Souvenirs de Félicie*, tome I. — Voyez aussi la lettre de Rousseau, du 10 oct. 1769, époque où sa maladie le tourmentait moins.

réfléchir. La réflexion ne sert qu'à le rendre malheureux... L'étude corrompt ses mœurs, altère sa santé, détruit son tempérament et gâte souvent sa raison... »

Remarquons d'ailleurs que ce n'est pas là que se trouve la célèbre formule, et qu'elle se rattache encore à sa maladie par un autre lien.

Nous avons vu que l'état sédentaire lui était extrêmement pernicieux, que, quand il passait un seul jour sans prendre de l'exercice, il « payoit cruellement cette négligence durant la nuit. » Ne devait-il pas, avec une âme ardente comme la sienne, exprimer en termes vifs, et même exagérés, cet âpre résultat de son expérience? C'est précisément ce qu'il a fait, et quand, dans la première partie de son *Discours sur l'Inégalité*, il a lancé la phrase qu'on lui a tant reprochée, il n'avait en vue qu'une dépravation purement physique. « La plupart de nos maux, y disait-il, sont notre propre ouvrage, et nous les aurions presque tous évités en conservant la manière de vivre simple, uniforme et solitaire, qui nous étoit prescrite par la nature. Si elle nous a destinés à être *sains*, j'ose presque assurer que l'état de réflexion est un état contre nature et que *l'homme qui médite est un animal dépravé.* Quand on songe à la bonne constitution des sauvages... » Ainsi, rien de moins ambigu, rien de plus clair. Bien mieux, lorsque plus tard il surgit une contradiction basée sur l'exagération de ses expressions, et même, à ce qu'il paraît, sur une faute d'impression (*saints* pour *sains*), notre philosophe se défend très-haut d'avoir confondu la sainteté avec la santé[1].

Nous avons là une nouvelle preuve que, pour juger Rousseau et bien apprécier l'influence de sa maladie sur ses idées, ce n'est pas dans leur entier développement, mais à leur origine, qu'il faut les étudier.

VIII

Je viens de passer en revue les traits principaux à l'aide desquels on fait habituellement le portrait moral de Rousseau, et j'ai tâché de faire sentir comment, faute de se placer au point de vue convenable, on l'a si souvent défiguré. Assurément il m'eût été facile d'en rassembler un plus grand nombre, et, lui qui déclare, à la première page de ses *Confessions*, les avoir entreprises pour « montrer à ses semblables un homme dans toute la vérité de la nature, » il nous en aurait assurément fourni bien d'autres encore s'il eût compris lui-même à quel point le mal qui lui ruinait le corps altérait l'état naturel de son âme. Car cette influence insensible de tous les jours et de tous les instants, cette modification lente, intime, profonde que subit toute nature tourmentée, devait échapper surtout à celui-là même qui en était l'objet, et il faut la demander à l'expérience universelle du cœur humain.

[1] *Lettre à M. Philopolis* (Ch. Bonnet).

Or, à ce point de vue, tous les individus intelligents, frappés d'une de ces maladies chroniques qu'à tort ou à raison on n'avoue pas dans le monde (comme sont les affections des organes urinaires), se ressemblent. A moins d'une insouciance native assez rare ou d'une vertu qui ne l'est pas moins, ils prennent en haine la société qu'ils sont obligés de fuir. Ils sont timides parce qu'ils se sentent rabaissés par leur infirmité. On médit volontiers de qu'on n'aime pas ou de ce qu'on craint, et ils médisent de la société. Une société aussi mal organisée, aussi détestable, ne peut dire et faire rien de bon; ils la contredisent donc sur toutes choses, parce que toujours ils s'y trouvent mal à l'aise. De là les hardiesses d'esprit les plus singulières, les paradoxes les plus inattendus. Ils croient ne devoir aucune concession aux usages et aux convenances d'un monde dont ils ne partagent pas les plaisirs. Enfin la solitude, la nécessité et l'habitude de soins journaliers engendrent l'égoïsme, et un égoïsme d'autant plus enraciné qu'il est alimenté sans cesse par la cause même qui l'a fait naître.

Cependant il est juste d'adoucir ce tableau et de rappeler que ces malheureux malades rachètent souvent leurs défauts par d'éminentes qualités d'esprit et de cœur. Ils ont l'imagination vive, l'observation sagace, la réflexion profonde. Bien plus, et de quelque manière que cette qualité s'accorde avec une misanthropie universelle, ils sont aimants. Toute l'affection qu'ils refusent au genre humain, ils semblent la concentrer sur quelques êtres privilégiés qui veulent bien s'arranger de leur caractère fantasque; alors ils sont réellement bons. Tous les grands moralistes ont saisi ce dernier trait du *Misanthrope*.

Eh bien! qu'on y réfléchisse: nous venons de faire le portrait de Rousseau, de Rousseau mécontent de l'humanité, mécontent du corps social, mécontent de tout ce qui l'entoure; courageux, agressif même lorsqu'il est surexcité par la contrariété ou la persécution [1]; mais, dans toute autre circonstance, timide à l'excès [2], timide jusqu'à perdre contenance devant un enfant [3], jusqu'à passer et repasser dix fois devant la porte d'un pâtissier ou d'une fruitière sans oser contenter son envie [4]; ami du paradoxe et prenant presque toujours le contre-pied des idées reçues, jusqu'à nier la destinée humaine en ne voyant qu'une cause de détérioration dans le plus bel usage que l'homme puisse faire de son intelligence; maudissant les exigences de la société par cela seul qu'elles le gênaient; commettant, par égoïsme, les actes les plus blâmables pour les motifs les plus frivoles, et cependant bon, affectueux, dévoué: tous ceux qui ont vécu dans son intimité sont d'accord à cet égard, et de Saint-Germain, qui paraît avoir été un type du franc et loyal soldat, et Dussaulx, et Corancez, qui, sur d'autres points, n'ont pas été aussi justes envers lui, et l'excellent auteur de *Paul et Virginie*, qui lui a toujours conservé la plus

[1] *Conf.*, livres I, VII, IX, XI et XII. — [2] *Ibid.*, livre VIII.
[3] *Ibid.*, livre XI. — CORANCEZ, *loc. cit.*, p. 24. — [4] *Conf.*, livre I.

respectueuse affection, malgré les bourrasques qu'il avait à souffrir parfois et qu'il raconte si charitablement [1].

Rousseau gardait rancune à la médecine; mais on a déjà pu voir que ce ne fut jamais chez lui que l'effet du dépit [2]. Ne savait-il pas, en effet, que toute science, et la médecine plus que toute autre, est fille du temps? Qu'eût-il répondu si, par cela seul qu'il laissait encore beaucoup à dire sur l'éducation de l'homme et le gouvernement des sociétés, on lui eût conseillé de jeter au feu ses immortels écrits?

[1] M. de Saint-Germain a fait une notice de sa correspondance avec Rousseau, dans laquelle il raconte plusieurs preuves de son âme bonne et charitable. On en trouve des extraits tome XVII, page 59, de l'édition Armand Aubré. — Voyez, dans la neuvième promenade de ses *Rêveries*, comme il aime les enfants, et, dans sa correspondance, quel attachement il portait à son chien (Lettres des 28 juillet 1760 et 23 mai 1765; 3e lettre à Malesherbes). Hume raconte que, le roi et la reine d'Angleterre voulant le voir, il promit de se rendre dans la loge de Garrick, mais qu'on eut toutes les peines du monde à le séparer de son *fidèle compagnon*, dont il était esclave. Dans son deuxième *Dialogue* il exprime de la manière la plus touchante combien les animaux l'intéressent. — On trouve des preuves de sa bonté jusque dans la *Gazette* de Grimm (édit. de 1854, p. 130), dans les *Mémoires* de Marmontel (édit. de 1819, t. I, p. 254), et dans la *Private Correspondance* de D. Hume (lettres des 19 janvier et 16 février 1766).

[2] Voyez p. 29. — Consultez aussi une lettre à M. de Luxembourg, de 1761; d'autres lettres des 19 octobre et 10 novembre 1761, du 20 janvier 1763. (Ces dates sont celles de ses plus grandes souffrances.) — *Émile*, livres I et II. — *Confessions*, livre VI. — *Rêveries*, 7e promenade. — Notons que Rousseau, tout en prétendant ne pas croire à la médecine, ne laisse jamais échapper une occasion de donner des conseils médicaux, et qu'il se lance même quelquefois dans des théories passablement abstraites (lettres des 4 janvier 1763, 23 mai 1765, 19 juillet 1766, 18 et 27 septembre 1767 et 6 avril 1770). C'est d'ailleurs un travers assez commun aux gens du monde, et même aux plus instruits, de parler comme s'ils croyaient que, la première et unique condition pour bien faire la médecine, c'est de n'en pas connaître les éléments; aussi le charlatanisme le plus grossier est-il celui qui réussit le plus vite.

Il paraît qu'il a lui-même, au déclin de sa vie et lorsque son âme était moins opprimée par les souffrances du corps, reconnu ses torts envers les médecins, et qu'il se les est, entre autres choses, plusieurs fois reprochés. « Si je faisois une nouvelle édition de mes ouvrages, disait-il à Bernardin de Saint-Pierre, j'adoucirois ce que j'ai écrit sur les médecins. Il n'y a pas d'état qui demande autant d'études que le leur. Par tout pays ce sont les hommes les plus véritablement savants[1]. »

Deux écrivains célèbres ont attaqué la médecine avec l'intention bien sérieuse d'en dire du mal : ce sont Montaigne et Rousseau ; or le premier avait la pierre et le second une rétention d'urine. Aujourd'hui que tous deux seraient facilement guéris, au lieu de poursuivre notre belle science de leurs dédains et de leurs sarcasmes ils n'auraient pour elle que des bénédictions.

[1] Préambule de *l'Arcadie*, note 8, et *loc. cit.*, p. 97. — Au reste, les médecins n'ont pas eu plus de rancune contre lui. Il avait dit dans la première promenade de ses *Rêveries* : « Quand tous mes ennemis particuliers seront morts, les médecins, les oratoriens vivront encore ; et, quand je n'aurois pour persécuteurs que ces deux corps-là, je dois être sûr qu'ils ne laisseront pas plus de paix à ma mémoire après ma mort qu'ils n'en laissent à ma personne de mon vivant. Peut-être les médecins, que j'ai réellement offensés, pourroient-ils s'apaiser ; mais les oratoriens que j'aimois, que j'estimois, en qui j'avois toute confiance et que je n'offensai jamais..., seront à jamais implacables. » Je ne me charge pas de répondre pour les oratoriens ; mais, quant aux médecins, je suis sûr que, si Rousseau revenait à la vie, il achèverait de se réconcilier avec eux en lisant la *Notice* de Le Bègue de Presle, et surtout l'*Essai* si savant publié il y a peu d'années par le docteur Morin. Cet ouvrage contient, p. 600, un extrait inédit des *Dialogues* dont le retranchement à l'impression vient à l'appui du dire de Bernardin de Saint Pierre.

INSTITUT IMPÉRIAL DE FRANCE

ACADÉMIE DES SCIENCES

EXTRAIT DU RAPPORT
SUR LES PRIX DE MÉDECINE ET DE CHIRURGIE
Pour les années 1849 et 1850.

Commissaires : MM. Roux, Rayer, Lallemand, Serres, Velpeau, Magendie, Duméril, Flourens, et Andral, *rapporteur*.

« Des tumeurs ou de simples saillies dues à un développe-
« ment anormal, soit du tissu musculo-membraneux de la ves-
« sie, soit de la prostate, se produisent souvent au col de la
« vessie. En raison des dimensions que peuvent prendre ces
« différentes sortes de tumeurs ou de saillies, l'évacuation
« spontanée des urines est plus ou moins entravée ; il en ré-
« sulte des altérations de la vessie, des uretères et des reins,
« qui s'aggravent avec le temps, et contre lesquelles les efforts
« de l'art n'avaient encore trouvé que des palliatifs. Le docteur
« Auguste Mercier, qui a bien décrit, sous le nom de *Valvules*
« *du col de la vessie*, quelques-unes des saillies dont il vient
« d'être question, a mieux étudié qu'on ne l'avait fait avant lui
« leur stucture, et, après bien des tentatives et des modifica-
« tions dans ses procédés, il est arrivé à la construction d'ins-
« truments faciles à manœuvrer, à l'aide desquels on peut in-
« ciser ou même exciser ces valvules, de manière à amener
« une guérison plus sûre et plus prompte. M. le docteur Au-
« guste Mercier nous paraît donc avoir rendu un service à la
« thérapeutique d'une des maladies les plus graves et les plus
« rebelles des organes urinaires ; nous vous proposons de lui
« accorder une récompense de *quinze cents francs.* »

(Adopté.)

(*Compte-rendu de la séance publique du* 16 *décembre* 1850, p. 23.)

ACADÉMIE IMPÉRIALE DE MÉDECINE

EXTRAIT DU RAPPORT

DE LA COMMISSION DU PRIX D'ARGENTEUIL

lu dans la séance du 24 août 1852.

Commissaires : MM. BOUVIER, GERDY, GRISOLLE, HUGUIER, LARREY, LAUGIER, RICORD, ROUX, et ROBERT, *rapporteur.*

« M. Mercier a adressé à l'Académie un volumineux manuscrit ayant pour titre : *Recherches anatomiques, pathologiques et thérapeutiques, sur les rétrécissements de l'urètre.*

« Ce travail échappe à l'analyse par la multiplicité des détails et des discussions qu'il contient; cependant on y trouve diverses idées fondamentales que je vais tâcher de reproduire.

« L'auteur n'admet qu'une espèce de rétrécissements urètraux : les rétrécissements fibreux. Ces derniers résident presque toujours dans la portion spongieuse du canal, et surtout au niveau du bulbe, où abonde le tissu érectile. Rarement bornés à la membrane muqueuse, ils occupent très-souvent une portion de l'épaisseur du tissu spongieux. La coarctation est alors le résultat ultime d'une phlogose localisée de ce tissu, qui a oblitéré les cellules veineuses et déterminé la condensation, l'atrophie, et enfin la transformation fibreuse des parties affectées.

« Les rétrécissements sont très-rares dans la portion membraneuse de l'urètre; mais, par compensation, cette région est fréquemment le siége d'obstacles au passage de l'urine et des sondes, obstacles que M. Mercier attribue à un ordre de lésions essentiellement différent de celles qui caractérisent les rétrécissements proprement dits. Au lieu d'affecter les éléments constitutifs du canal lui-même, ces lésions ont leur cause dans les agents contractiles placés autour et au voisinage de ce dernier. L'action de ces muscles ne diminue point en réalité la capacité de l'urètre, mais elle entraîne en sens opposé les différentes portions de ce canal; elle les comprime et en change les courbures normales. M. Mercier veut donc qu'à la dénomination de *rétrécissement* on substitue, dans ces cas, celle de *déviation*....

« Étudiant les causes qui mettent en jeu cette contractilité musculaire, M. Mercier insiste sur les irritations et les inflammations dont la membrane muqueuse de l'urètre est fréquemment le siége. Ne sait-on pas, en effet, que, dans l'économie vivante, l'irritation des orifices ou des canaux muqueux est presque toujours suivie de la contraction involontaire et plus ou moins violente des couches musculaires qui les environnent?

« Ici, comme ailleurs, la contraction musculaire peut être momentanée ou permanente. Dans le premier cas, elle constitue des déviations d'une durée limitée : ce sont les rétrécissements spasmodiques admis par tous les auteurs. Dans le second, elle amène des déviations permanentes, et entraîne par sa durée des changements appréciables dans la structure des muscles urétraux. L'auteur adopte à cet égard les idées de M. J. Guérin sur la rétraction musculaire.

« La première conséquence pratique déduite par M. Mercier de cette théorie, c'est que, pour franchir l'urètre, quand il est le siége de ce qu'on appelle un rétrécissement spasmodique, il suffit d'augmenter la courbure de la sonde, ou même de la couder à son extrémité vésicale.

« La deuxième, c'est que, dans certains cas de contraction permanente des muscles de l'urètre, il peut devenir nécessaire, pour rendre au canal sa direction normale, d'inciser une portion de sa paroi postérieure.

« Il est incontestable que ces vues nouvelles et originales de M. Mercier jettent de la lumière sur certains cas difficiles à expliquer d'après les idées régnantes; mais l'expérience n'a point encore fait savoir si l'on peut les accepter comme théorie générale. Votre commission croit donc devoir suspendre à cet égard tout jugement définitif.

« Le chapitre consacré au traitement des rétrécissements fibreux ne renferme pas d'innovations assez remarquables pour qu'il soit nécessaire d'y insister.

« L'une des parties les plus intéressantes du travail de M. Mercier est celle qui a pour objet l'étude d'une complication peu connue des rétrécissements de l'urètre : je veux parler de l'existence des valvules musculaires urétro-vésicales. Pour l'intelligence de ce qui va suivre, il est nécessaire d'analyser succinctement le résultat des recherches de l'auteur sur la structure et les fonctions du col de la vessie.

« L'occlusion du col ne s'effectue pas, comme on le croit généralement, à la manière d'une bourse, par le froncement de ses bords et le resserrement d'un sphincter circulaire musculeux ou fibreux; mais il existe sur la demi-circonférence postérieure de cette ouverture des fibres musculaires qui la contournent en arrière et sur les côtés en forme d'anses à concavité antérieure, et viennent se jeter dans la paroi antérieure de la vessie. Lorsque ces fibres se contractent, le bord postérieur de l'orifice, étant attiré en haut et en avant, doit nécessairement se rapprocher du bord opposé, et même le croiser en passant au-dessus de lui, à la manière d'une soupape; ainsi s'opère l'occlusion de la vessie. Il est facile d'étudier la disposition de ces anses musculaires sur des vessies hypertrophiées, ainsi que votre commission s'en est assurée plusieurs fois. Ce fait anatomique étant établi, M. Mercier, par une induction qui nous paraît parfaitement logique, démontre que, sous l'influence des irritations si fréquentes du col vésical, cette couche musculaire peut devenir le siége de contractions exagérées, comme on le voit dans les autres orifices muqueux pourvus de sphincter. Or, comme nous l'avons dit à propos des rétrécissements de la portion membraneuse de l'urètre, ces contractions peuvent être passagères ou durables, et déterminer une rétention d'urine momentanée ou permanente, bien que l'urètre soit peu rétréci ou parfaitement libre. Ainsi l'on voit des malades qui, guéris d'un ou de plusieurs rétrécissements, n'urinent pas mieux après le traitement qu'ils ne le faisaient auparavant. Il y a plus : M. Mercier a rapporté l'observation d'un individu qui, affecté de rétrécissement urétral avec simple dysurie, a été frappé de rétention d'urine complète alors que son rétrécissement venait d'être traité avec succès.

« Non-seulement M. Mercier a signalé la possibilité de ces rétentions d'urine et leur cause, mais il a encore indiqué le moyen de reconnaître celle-ci par le cathétérisme avec la sonde coudée qu'il a imaginée à cet effet. Cet instrument, étant conduit jusqu'au col vésical, vient nécessairement heurter par son talon contre la face urétrale de l'obstacle, et, lorsqu'ensuite il a pénétré dans la vessie, on peut lui faire exécuter un mouvement de rotation autour du col, et s'assurer ainsi qu'il n'existe pas de tumeur faisant saillie à la face interne de ce viscère. La réunion de ces deux signes indique la présence d'un obstacle valvulaire. Toutefois il reste encore à déterminer si cet obstacle dépend des muscles du col vésical ou d'une altération de la prostate. L'auteur a traité, sans doute avec beaucoup de soin, cette partie du diagnostic; cependant, malgré ses efforts, nous pensons que l'erreur est encore possible, circonstance peu regrettable d'ailleurs, puisque le même traitement convient à ces deux maladies.

« Après avoir établi l'anatomie pathologique et le diagnostic des valvules musculaires urétro-vésicales, M. Mercier en fait connaître le traitement, lequel consiste à détruire l'obstacle au cours de l'urine en incisant ces valvules. L'instrument dont il se sert à cet effet a la forme de son cathéter explorateur coudé Dans l'épaisseur de la tige, tout près de l'angle de la courbure, et dans le sens de la concavité, se trouve une lame mobile pouvant faire saillie à volonté. L'instrument étant introduit dans la vessie, et le bec dirigé en bas, derrière la valvule musculaire, l'opérateur fait saillir la lame et la fait mouvoir d'arrière en avant, et réciproquement, de manière à inciser complétement la bride dans toute sa hauteur. L'opération est prompte, peu douloureuse, et ne donne lieu qu'à l'écoulement d'une petite quantité de sang. Les accidents inflammatoires sont en général très-modérés. Le traitement se termine par l'introduction quotidienne de bougies destinées à presser contre l'angle postérieur de la plaie et à empêcher la réunion de ses bords. Le bénéfice de l'opération est presque immédiat : il est rare qu'une incision ne suffise pas à rétablir le cours des urines. Enfin votre commission a pu s'assurer de la solidité des guérisons en examinant des malades opérés depuis plusieurs années...

« M. Mercier avait décrit en 1839 un premier instrument destiné à pratiquer l'excision des valvules dont nous parlons; mais il le modifia en 1841 et se borna à la simple incision du col de la vessie. Depuis cette époque il a perfectionné ses instruments, et celui qu'il emploie aujourd'hui ne laisse rien à désirer sous le rapport de la simplicité dans le mécanisme et de la sûreté dans l'exécution. (*Rapport*, p. 5 et suiv.)

« L'exposé que nous avons fait des recherches de M. Mercier prouve que, en ce qui regarde les rétrécissements de l'urètre, cet auteur a émis, sur l'étiologie et la nature de ces lésions, des idées d'une haute portée, mais qu'il n'a presque rien ajouté aux ressources connues de la thérapeutique[1]. Ses études sur les

[1] Comme le prix d'Argenteuil était fondé, non pas uniquement, mais spécialement pour les perfectionnements apportés au traitement des rétrécissements de l'urètre, on m'a fait cette objection dès le début du concours. Voici comment j'y répondais, en 1846, dans un *Résumé analytique* de mes idées, fait pour faciliter le travail de mes juges en ce qui me concernait :

« Je crois avoir contribué au perfectionnement de la pathologie et de la thérapeutique de ces rétrécissements :

« 1° En faisant voir que les rétrécissements fibreux méritent seuls ce nom, et en assignant aux autres espèces des auteurs leur véritable place nosologique; en expliquant comment les premiers se forment; en prouvant que leurs effets sur le cours de l'urine et du sperme sont loin d'être ce qu'on croyait, et en démontrant que beaucoup de phénomènes dont ils s'accompagnent étaient inexplicables avant la découverte des *valvules musculaires*, qui les compliquent très-souvent;

« 2° En faisant comprendre pourquoi, dans les cas où le cathétérisme présente de grandes difficultés, il vaut mieux, plutôt que d'insister sur des manœuvres pénibles et dangereuses, recourir à certains moyens qui présentent

valvules musculaires du col de la vessie sont beaucoup plus complètes et présentent un grand intérêt. Toutefois il s'agit d'une lésion qui peut, il est vrai, simuler ou compliquer les rétrécissements de l'urètre, mais qui, au point de vue nosologique, en est essentiellement distincte. C'est pourquoi, tout en rendant justice à ces remarquables travaux, nous ne pouvons les admettre comme répondant au programme formulé par le fondateur de ce concours (*ibid.* p. 43).

de grandes chances de succès, et qui, sans la connaissance des valvules du col de la vessie et de leurs causes, paraîtraient tout à fait irrationnels ;

« 3° En indiquant une méthode simple, qui m'a permis, à moi et à d'autres, de franchir extemporanément des rétrécissements qui avaient résisté à des mains on ne peut plus habiles. Remarquons que l'introduction de la première bougie est souvent le temps le plus difficile du traitement, et que la plupart des moyens présentés au concours supposent ce premier temps accompli ;

« 4° En faisant connaître le véritable effet de l'action des muscles ambiants sur la portion membraneuse et sur le col vésical, et en faisant sentir, par cela même, la nécessité de donner aux bougies et aux sondes une certaine courbure et une certaine direction pour arriver dans la vessie ;

« 5° En démontrant, et par le raisonnement et par l'expérience, qu'aucun traitement ne garantit une guérison radicale ; que la dilatation doit être la méthode générale ; que dans quelques cas la scarification devient nécessaire, et que la cautérisation ne convient que pratiquée superficiellement, lorsqu'il s'agit de modifier la sensibilité dont le rétrécissement et les parties voisines sont asssez souvent le siége ;

« 6° En cherchant à apprécier à leur juste valeur les divers procédés de dilatation ; en démontrant par des faits nombreux les graves inconvénients des sondes à demeure et de la dilatation forcée, et en faisant voir qu'en agissant d'une manière bien simple on peut arriver, la plupart du temps, à la guérison en six, huit ou dix jours, sans douleur, sans fièvre, sans hémorrhagie, sans même interrompre les occupations du malade, inconvénients presque inséparables de méthodes plus violentes, dont quelques-unes ont même amené, en peu d'heures, la mort d'hommes bien portants du reste ;

« 7° En imaginant un instrument qui, dans le cas où la scarification devient nécessaire, agit à coup sûr sur le point rétréci, fibreux, *et sur lui seulement*, de manière qu'il n'expose pas aux hémorrhagies et autres accidents qu'on a vus résulter de l'ouverture des cellules vasculaires qui constituent le tissu spongieux de l'urètre.

« 8° Enfin j'ai péremptoirement démontré, *et j'insiste particulièrement sur ce point*, que tout traitement du rétrécissement deviendrait inutile si, *une valvule permanente existant au col de la vessie*, on ne traitait pas cette complication comme je l'ai indiqué. »

« M. Mercier s'est occupé des maladies de la prostate, et notamment des saillies valvulaires qu'amène au col vésical l'hypertrophie de cet organe... Il a présenté un instrument fort ingénieux pour en pratiquer l'excision. Les faits nombreux dont votre commission a été témoin sanctionnent l'importance et l'utilité de ce procédé opératoire (*ibid.* p. 44).

« M. Mercier a présenté un brise-pierre à mors plats et une sonde à double courant destinée à évacuer les fragments de calcul. Ces instruments paraissent appelés à rendre des services réels à la lithotritie (*ibid.* p. 45) »

J'avais l'intention de donner également un extrait du rapport de la Commission d'Argenteuil, qui m'a décerné un prix de 4,000 fr. en 1858, et, comme ce rapport n'a pas encore été imprimé, j'ai fait demander à M. le secrétaire perpétuel l'autorisation de faire prendre copie de la partie de ce rapport qui me concerne; mais cette autorisation m'a été refusée.

PRINCIPAUX TRAVAUX DE L'AUTEUR

Recherches anatomiques, pathologiques et thérapeutiques sur les maladies des organes urinaires et génitaux, considérées spécialement chez les hommes âgés, ouvrage entièrement fondé sur de nouvelles observations (*mentionné honorablement par l'Académie des Sciences en* 1842). Un vol. in-8°. Prix........... 6 fr.

Recherches anatomiques, pathologiques et thérapeutiques sur les valvules du col de la vessie, causes très-fréquentes et peu connues de rétention d'urine, et sur leurs rapports avec les rétrécissements de l'urètre, les maladies des organes génitaux, les pertes séminales, l'inertie et le catarrhe de la vessie, les inflammations et les calculs de l'appareil urinaire (*ouvrage auquel l'Académie des Sciences a décerné une récompense de quinze cents francs en* 1850). Un vol. in-8°. Prix 7 fr.

Recherches sur le traitement des maladies des organes urinaires, considérées spécialement chez les hommes âgés, sur celui des rétrécissements de l'urètre, de la gravelle et de la pierre, etc. ; *ouvrage auquel l'Académie de Médecine a décerné une récompense de quatre mille francs en* 1858 (*prix d'Argenteuil*). Un vol. in-8°, avec figures. Prix.............................. 7 fr. 50 c.

Ce volume est le complément des précédents.

Mémoire sur le cathétérisme de l'urètre dans les cas difficiles, lu à la Société médicale du Panthéon. Broch. in-8°. Prix. 1 fr. 25 c.

Étude sur l'anatomie du rectum et de l'anus, sur celle des parties qui les avoisinent et sur les maladies qui les affectent. Brochure in-8°. Prix.............................. 1 fr. 25 c.

Ces ouvrages se trouvent aux mêmes librairies.

SOUS PRESSE :

Recherches sur l'inflammation chronique de l'urètre et sur les diverses maladies qui en sont la conséquence. Un vol. in-8°.

Paris. — Typographie LE NORMANT, 10, rue de Seine.

www.ingramcontent.com/pod-product-compliance
Ingram Content Group UK Ltd.
Pitfield, Milton Keynes, MK11 3LW, UK
UKHW021556260726
13993UKWH00002B/880

9 782329 45868